감자 · 배따라기

김동인 단편집

도서
출판 **문장**

감자 · 배따라기

1판 1쇄 인쇄 2008. 7. 10
1판 1쇄 발행 2008. 7. 15

글쓴이 김 동 인

발행인 김 택 원
발행처 **도서출판 문장**
　　　　서울시 성북구 보문동4가 78-1 평화B/D 201호
　　　　대표전화 02-929-9495
　　　　팩시밀리 02-929-9496
　　　　E-Mail / munjangb@naver.com

등록번호 제 307-2007-47
등록일 1977. 10. 24.

ISBN 978-89-7507-039-6 43810

감자 · 배따라기 | Contents

배따라기 5

감자 33

광염소나타 49

붉은 산 85

약한 자의 슬픔 99

태형 191

발가락이 닮았다 219

광화사 241

작가 연보 271

나는 두어 번 소리나게 읊은 뒤에 담배를 붙여 물었다. 담뱃내는 무럭무럭 하늘로 올라간다. 하늘에도 봄이 왔다. 하늘은 낮았다. 모란봉 꼭대기에 올라가면, 넉넉히 만질 수가 있으리만큼 낮다. 그리고 그 낮은 하늘보다는 오히려 더 높이 있는 듯한 분홍빛 구름은 뭉글뭉글 얽히면서 이리저리 날아다닌다.

배따라기

좋은 일기이다.

　좋은 일기라도 하늘에 구름 한 점 없는 — 우리 '사람'으로서는 감히 접근치 못할 위엄을 가지고 높이서 우리 조그만 '사람'을 비웃는 듯이 내려다보는 그런 교만한 하늘은 아니고, 가장 우리 '사람'의 이해자인 듯이, 낮게 뭉글뭉글 엉기는 분홍빛 구름으로서, 우리와 서로 손목을 잡자는 그런 하늘이다. 사랑의 하늘이다. 나는 잠시도 멎지 않고 푸른 물을 황해로 부어내리는 대동강을 향한 모란봉 기슭, 새파랗게 돋아나는 풀 위에 뒹굴고 있었다.

　이날은 삼월 삼질, 대동강에 첫 뱃놀이하는 날이다. 까맣게 내려다보이는 물 위에는, 결결이 반짝이는 물결을 푸른 놀잇배들이 타고 넘으며, 거기서는 봄 향기에 취한 형형색색의 선율이 우단보다도 보드라운 봄 공기를 흔들면서 내려온다. 그리고 거기서는 기생들의 노래와 함께 날아오는 조선 아악(雅樂)은, 느리게, 길게, 유창하게, 부드럽게, 그리고 또 애처롭게 — 모든 봄의 정다움과 끝까지 조화하지 않고는 안 두겠다는 듯이 대동강에 흐르는 시커먼 봄물, 청류벽에 돋아나는 푸르른 푸르름, 심지어 사람의 가슴속에 봄에 뛰노는 불붙는 핏줄기까지라도, 습기 많은 봄 공기를 다리 놓고 떨리지 않고는 두지 않는다.

봄이다. 봄이 왔다.

부드럽게 부는 조그만 바람이 시커먼 조선 솔을 꿰며, 또는 돋아나는 풀을 스치고 지나갈 때의 그 음악은, 다른 데서는 듣지 못할 아름다운 음악이다.

아아. 사람을 취케 하는 푸른 봄의 아름다움이여! 열다섯 살부터의 동경 생활에 마음껏 이런 봄을 보지 못하였던 나는, 늘 이것을 보는 사람보다 곱 이상의 감명을 여기서 받지 않을 수 없다.

평양성 내에는 겨우 툭툭 터진 땅을 헤치며 파릇파릇 돋아나는 나무새기와 돋아나려는 버들의 어음으로 봄이 온 줄 알 뿐, 아직 완전히 봄이 안 이르렀지만, 이 모란봉 일대와, 대동강을 넘어 보이는 가나안 옥토를 연상시키는 장림(長林)에는 마음껏 봄의 정다움이 이르렀다.

그리고 또 꽤 자란 밀, 보리들로 새파랗게 장식한 장림의 그 푸른빛, 만족한 웃음을 띠고 그 벌에 서서 내다보는 농부의 모양은 보지 않아도 생각할 수가 있다.

구름은 자꾸 하늘을 날아다니는 모양이다. 그 밀 위에 비치었던 구름의 그림자는, 그 구름과 함께 저편으로 몰려가며, 거기는 세계를 아까 만들어 놓은 것 같은 새로운 녹빛이 퍼져 나간다. 바람이나 조금 부는 때는, 그 잘 자란 밀들은 물결과 같이 누웠다 일어났다, 일록일청(一綠一靑)으로 춤을 춘다. 그리고 봄의 한가함을 찬송하는 솔개들은 높은 하늘에서 둥그러미를 그리며 더욱 더 아름다운 봄의 향그러움을 더한다.

　　　　다스한 봄정에
　　　　솟아나리다
　　　　다스한 봄정에
　　　　솟아나리다

나는 두어 번 소리나게 읊은 뒤에 담배를 붙여 물었다. 담뱃내는 무럭무럭 하늘로 올라간다.

하늘에도 봄이 왔다.

하늘은 낮았다. 모란봉 꼭대기에 올라가면, 넉넉히 만질 수가 있으리만큼 낮다. 그리고 그 낮은 하늘보다는 오히려 더 높이 있는 듯한 분홍빛 구름은 뭉글뭉글 얽히면서 이리저리 날아다닌다.

나는 이러한 아름다운 봄 경치에 이렇게 마음껏 봄의 속삭임을 들을 때는 언제든 유토피아를 생각지 않을 수 없다. 우리가 시시각각으로 애를 쓰며 수고하는 것은 그 목적이 무엇인가? 역시 유토피아 건설에 있지 않을까.

　유토피아를 생각할 때는 언제든 그 '위대한 인격의 소유자'며 '사람의 위대함을 끝까지 즐긴' 진나라 시황을 생각지 않을 수 없다.

　우리가 어찌하면 죽지를 아니할까 하여 동남(소년) 삼백을 배에 태워 불사약을 얻으러 떠나보내며, 예술의 사치를 다하여 아방궁을 지으며, 매일 신하 몇천 명과 잔치로써 즐기며, 이리하여 여기 한 유토피아를 세우려던 시황은 몇만의 역사가가 어떻다고 욕을 하든 그는 참말로 참말의 향락자며, 역사 이후의 제일 큰 위인이라고 할 수가 있다. 그만한 순전한 용기 있는 사람이 있고야 우리 인류의 역사는 끝이 날지라도 하나의 사람을 가졌었다고 할 수 있다.

　"큰 사람이었다."

　하면서 나는 머리를 들었다.

　이때에 기자묘 근처에서 이상한 슬픈 소리가 들리면서 봄 공기를 진동시키며 날아오는 것을 들었다. 나는 무심중 귀를 기울였다.

　영유 배따라기다. 그것도 웬만한 광대나 기생은 발꿈치에도 미치지 못하리만큼, 그만큼 그 배따라기의 주인은 잘 부르는 사람이었다.

비나이다 비나이다
산천후토 일월성신
하나님전 비나이다
실낱같은 우리 목숨
살려 달라 비나이다
에에야 어그여 지여

여기까지 이르렀을 때에 저편 아래 물에서 장구 소리와 함께 기
생의 노래가 울리어 오며 배따라기는 그만 안 들리게 되었다.

나는 이 년 전 한여름을 영유서 지내본 일이 있다. 배따라기의
본고장인 영유를 몇 달 있어 본 사람은 그 배따라기에 대하여 언
제든 한 속절없는 애처로움을 깨달을 터이다.

영유, 이름은 모르지만, ×산에 올라가서 내려다보면 앞은 망망
한 황해이니, 거기 저녁때의 경치를 한번 본 사람은 영구히 잊을
수가 없으리라. 불덩어리 같은 커다란 시뻘건 해가 남실남실 넘치
는 바다에 도로 빠질 듯, 도로 솟아오를 듯 춤을 추며, 때때로 보이
지 않는 배에서 배따라기만 슬프게 날아오는 것을 들을 때면 눈물
많은 나는 때때로 눈물을 흘렸다. 이로 보아서 어떤 원의 아내가
자기의 모든 영화를 낡은 신과 같이 내어 던지고, 뱃사람과 정처
없는 물길을 떠났다 함도 믿지 못할 말이랄 수가 없다.

영유서 돌아온 뒤에도 그 배따라기는 내 마음에 깊이 새겨져서, 잊을래야 잊을 수가 없었고, 언제 다시 영유를 가서 그 노래를 한 번 더 들어 보고, 그 경치를 다시 한 번 보고 싶은 생각이 늘 떠나지를 않았다.

장구 소리와 기생의 노래는 멎고, 배따라기만 슬프게 날아온다. 걸걸이 부는 바람으로 말미암아 때때로는 들을 수가 없으되, 나의 기억과 곡조를 부합하여 들은 배따라기는 여기 이 대목이다.

강변에 나왔다가
나를 보더니만,
혼비백산하여
꿈인지 생시인지,
생신지 꿈인지,
와륵 달려들어
섬섬옥수로 붙여잡고
호천망극(昊天罔極) 하는 말이,
"하늘로서 떨어지며
땅으로서 솟아났다
바람결에 묻어오고
구름길에 쌔여 왔나."

이리저리 붙들고 울음 울 제,
인리제인(隣里諸人)이며
일가친척이 모두 모여…….

　여기까지 들은 나는 마침내 참지 못하고 벌떡 일어서서 소나무 가지에 걸었던 모자를 내려 쓰고 그곳을 찾으러 모란봉 꼭대기에 올라섰다. 꼭대기는 좀더 노랫소리가 잘 들린다. 그는 배따라기의 맨 마지막, 여기를 부른다.

밥을 빌어서
죽을 쑬지라도
제발 덕분에
뱃놈 노릇은 하지 마라
에에야 어그여 지여…….

　그의 소리로써 방향을 찾으려던 나는 그만 그 자리에 섰다.
　"어딘가? 기자묘, 혹은 을밀대(乙密臺)?"
　그러나 나는 오래 서 있을 수가 없었다. 어떻든 찾아보자 하고 현무문으로 가서 문 밖에 썩 나섰다.
　기자묘의 깊은 솔밭은 눈앞에 쫙 퍼진다.

"어딘가?"

나는 또 물어보았다.

이때에 그는 또다시 배따라기를 첫 번부터 부른다. 그 소리는 왼편에서 온다.

왼편이구나 하면서 소리나는 곳을 더듬어 소나무 틈으로 한참 돌다가, 겨우 기자묘치고는 그중 하늘이 넓고 밝은 곳에, 혼자서 뒹굴고 있는 그를 찾아내었다. 나의 생각한 바와 같은 얼굴이다. 얼굴, 코, 입, 눈, 몸집이 모두 네모나고…… 그의 이마의 굵은 주름살과 시커먼 눈썹은 고생 많이 함과 순진한 성격을 나타낸다.

그는 어떤 신사가 자기를 들여다보는 것을 보고, 노래를 그치고 일어나 앉는다.

"왜? 그냥 하지요."

하면서, 나는 그의 곁에 가 앉았다.

"머……."

할 뿐, 그는 눈을 들어서 터진 하늘을 쳐다본다.

좋은 눈이었다. 바다의 넓고 큼이 유감없이 그의 눈에 나타나 있다. 그는 뱃사람이다. 나는 짐작하였다.

"고향이 영유요?"

"예, 머 영유서 나기는 했디만 한 이십 년 영유를 가보지두 않았 시요."

"왜, 이십 년씩 고향엔 안 가요?"

"사람의 일이라니 마음대로 됩데까?"

그는 왜 그러는지 한숨을 짓는다.

"그저 운명이 제일 힘셉디다."

운명의 힘이 제일 세다는 그의 소리엔 삭이지 못할 원한과 뉘우침이 섞여 있다.

"그래요?"

나는 다만 그를 쳐다볼 뿐이었다.

한참 잠잠하니 있다가 나는 다시 말하였다.

"자, 노형의 경험담이나 한번 들어봅시다. 감출 일이 아니면 한번 이야기해 보소."

"뭐 감출 일은……."

"그럼 어디 한번 들어봅시다그려."

그는 다시 하늘을 쳐다보았다. 그러나 좀 있다가,

"하디요."

하면서 내가 담배를 붙이는 것을 보고, 자기도 담배를 붙여 물고 이야기를 꺼낸다.

"십구 년 전 팔월 열하룻날 일인데요……."

하면서 그가 이야기한 바는 대략 이와 같은 것이다.

그가 살던 마을은 영유 고을서 한 이십 리 떠나 있는 바다를 향한 조그만 동리이다. 그의 살던 그 조그만 마을(서른 집쯤 되는)에서 그는 꽤 유명한 사람이었다.

그의 부모는 모두 열댓에 났을 때 돌아갔고, 남은 친척이라고는 곁집에 딴살림하는 그의 아우 부처와 자기 부처뿐이었다. 그들 형제가 그 마을에서 제일 부자이고, 또 제일 고기잡이를 잘하였고, 그중 글이 있었고, 배따라기도 그 마을에선 빼나게 그 형제가 잘하였다. 말하자면 그 형제가 그 동리의 대표적 사람이었다.

팔월 보름은 추석 명절이다. 팔월 열하룻날, 그는 명절에 쓸 장도 볼 겸 그의 아내가 늘 부러워하는 거울도 하나 사올 겸 장으로 향하였다.

"당손네 집에 있는 것보다 큰 것이요, 닛지 말구요."

그의 아내는 길까지 따라나오면서 잊지 않도록 부탁하였다.

"안 니저."

하면서 그는 떠오르는 새빨간 햇빛을 앞으로 받으면서 자기 마을을 나섰다.

그는 아내를 "이렇게 말하기는 우습지만 고와했다." 그의 아내는 "촌에는 드물게 연연하고도 예쁘게 생겼었다." 그는 나에게 이렇게 말하였다.

"성내(평양) 덴줏골(갈보촌)을 가두 그만한 거 쉽진 않가시요."

그러니까 촌에서는 그리고 그 당시에는 남에게 우습게 보이도록 그 부처의 사이는 좋았다. 늙은이들은 계집에게 혹하지 말라고 흔히 그에게 권고하였다.

부처의 사이는 좋았지만, 아니 오히려 좋으므로 그는 아내에게 시기를 많이 하였다. 품행이 나쁘다는 것이 아니라, 그의 아내는 대단히 쾌활한 성질로서 아무에게나 말 잘하고 애교를 잘 부렸다.

그 동리에서는 무슨 명절이나 되면, 집이 그중 깨끗함을 핑계삼아, 젊은이들은 모두 그의 집에 모이곤 하였다.

그 젊은이들은 모두 그의 아내에게 '아즈머니'라 부르고, 그의 아내는 아내대로 '아즈바니, 아즈바니' 하며 그들과 지껄이고 즐기며, 그 웃기 잘하는 입에는 늘 웃음을 흘리고 있었다. 그럴 때마다 그는 한편 구석에서 눈만 흘근거리며 있다가, 젊은이들이 돌아간 뒤에는 불문곡직하고 아내에게 덤벼들어, 발길로 차고 때리며 이전에 사다 주었던 것을 모두 거두어 올린다. 싸움을 할 때에는 언제든 곁집 있는 아우 부처가 말리러 오며 그렇게 되면 언제든 그는 아우 부처까지 때려 주었다.

그가 아우에게 그렇게 구는 데는 이유가 있었다.

그의 아우는 촌사람에게는 다시없도록 늠름한 위엄이 있었고, 맨날 바닷바람을 쐬었지만 얼굴이 희었다. 이것뿐으로도 시기가 된다 하면 되지만, 특별히 아내가 그의 아우에게 친절히 하는 데는 그는 속상하여 못 견디었다.

그가 영유를 떠나기 반년 전쯤 — 다시 말하자면 그가 거울을 사러 장에 갈 때부터 반년 전쯤, 그의 생일날이었다. 그의 집에서는 음식을 차려서 잘 먹었는데 그에게는 한 버릇이 있어서, 맛있는 음식은 남겨 두었다가 좀 있다 먹곤 하는 것을 예사로 하였다. 그의 아내도 그 버릇은 잘 알 터인데, 그의 아우가 점심때쯤 오니까 아까 그가 아껴서 남겨 두었던 그 음식을 아우에게 주려 하였다. 그는 눈을 부릅뜨고 '못 주리라'고 암호를 하였지만, 아내는 그것을 보았는지 못 보았는지, 그의 아우에게 주어 버렸다. 그는 마음속이 자못 편치 못하였다. 트집만 있으면 이년을 — 그는 마음먹었다. 그의 아내는 시아우에게 상을 준 뒤에 물러오다가 그만 그의 발을 조금 밟았다.

"이년!"

그는 힘껏 발을 들어서 아내를 냅다 찼다. 그의 아내는 상 위에 거꾸러졌다가 일어난다.

"이년! 사나이 발을 짓밟는 년이 어디 있어!"

"거 좀 밟아서 발이 부러뎃쉐까?"

아내는 낯이 새빨개져서 울음 섞인 소리로 고함친다.

"이년! 말대답이……."

그는 일어서서 아내의 머리채를 휘어잡았다.

"형님! 왜 이러십니까?"

아우가 일어서면서 그를 붙여잡았다.

"가만 있거라. 이놈의 자식!"

하며 그는 아우를 밀친 뒤에 아내를 되는 대로 내려 찧었다.

"죽일 이년! 나가거라!"

"죽여라, 죽여라! 난 죽어도 이 집에선 못 나가"

"못 나가?"

"못 나가디 않구, 뉘 집이게……."

이때다. 그의 마음에는 그 못 나가겠다는 아내의 말이 푹 들이박혔다. 그 이상 때리기가 싫었다. 우두커니 눈만 흘기고 있던 그는,

"망할 년, 그럼 내가 갈라."

하고 그만 문 밖으로 뛰어나가서,

"형님 어디 갑니까?"

하는 아우의 말에는 대답도 아니하고 곁동리 탁줏집으로 뒤도 안 돌아보고 가서, 거기 있는 술 파는 계집과 술상 앞에 마주앉았다.

그날 저녁 얼근히 취한 그는 아내를 위하여 떡을 한 돈어치 사 가지고 집으로 돌아왔다.

이리하여 또 서너 달은 평화가 이르렀다. 그러나 이 평화가 언

제까지든 연속할 수는 없었다. 그의 아우로 말미암아 또 평화가 짜개져 나갔다.

오월 초승부터 영유 고을 출입이 잦던 그의 아우는 오월 그믐께부터는 고을서 며칠씩 묵어 오는 일이 많았다. 함께, 고을에 첩을 얻어 두었다는 소문이 퍼졌다. 이 소문이 있은 뒤로 아내는 아우가 고을 들어가는 것을 벌레보다도 싫어하고, 며칠 묵어 나오는 때면 곧 아우의 집으로 가서 그와 담판을 하며, 심지어 동서되는 아우의 처에게까지 못 가게 하지 않는다고 싸우는 일이 있었다. 칠월 초승께, 그의 아우는 고을에 들어가서 열흘쯤 묵어 온 일이 있었다. 이때도 전과 같이 그의 아내는 그의 아우와 제수와 싸우다 못하여, 마침내 그에게까지 와서 아우가 그런 못된 데를 다니는 것을 그냥 둔다고 해보자 한다. 그 꼴을 곱게 보지 않았던 그는 첫마디로 고함을 쳤다.

"네게 상관이 무에가? 듣기 싫다."

"못난둥이, 아우가 그런 델 댕기는 걸 말리지두 못하구!"

분김에 이렇게 그의 아내는 고함쳤다.

"이년, 무얼?"

그는 벌떡 일어섰다.

"못난둥이!"

그 말이 채 끝나기 전에 그의 아내는 악 소리와 함께 그 자리에 거꾸러졌다.

"이년! 사나이에게 그따웃 말버릇 어디서 배완!"

"에미네 때리는 건 어디서 배왔노! 못난둥이!"

그의 아내는 울음소리로 부르짖었다.

"상년, 그냥? 나갈! 우리집에 있디 말구 나갈!"

그는 내리 찧으면서 부르짖었다. 그리고 아내를 문을 열고 밀쳤다.

"나가지 않으리!"

하고 그의 아내는 울면서 뛰어나갔다.

"망할 년!"

토하는 듯이 중얼거리고 그는 그 자리에 주저앉았다.

그의 아내는 해가 지고 어두워져도 돌아오지 않았다. 일단 내쫓기는 하였지만 그는 아내의 돌아옴을 기다리고 있었다. 어두워져서도 그는 불도 안 켜고 성이 나서 우들우들 떨면서, 아내가 돌아오기를 기다렸다. 그러나 그의 아내의 참 기쁜 듯이 웃는 소리가 그의 아우의 집에서 밤새도록 울리었다. 그는 움찍도 않고 고자리에 앉아서 밤을 새운 뒤에, 새벽 동 터올 때 아내와 아우를 죽이려고 부엌에 들어가 식칼을 가지고 들어와서 문을 벌컥 열었다.

그의 아내로서 만약 근심스러운 얼굴을 하고 그 문 밖에 우두커니 서서 문을 들여다보고 있지 않았더라면 그는 아내와 아우를 죽이고야 말았으리라.

그는 아내를 보는 순간, 마음에 가득 차는 사랑을 깨달으면서 칼을 내어던지고 뛰어나가서 아내의 머리채를 휘어잡고, 이년! 하면서 들어오더니 뺨을 물어뜯으면서 함께 이리저리 자빠져서 뒹굴었다…….

그런 이야기를 하려면 끝이 없으되, 다만 '그', '그의 아내', '그의 아우' 세 사람의 삼각관계는 대략 이와 같았다.

각설―

거울은 마침 장에 마음에 맞는 것이 있었다. 지금 것과 대보면 어떤 때는 코도 크게 보이고 입이 작게도 보이는 것이지만, 그 당시에는, 그리고 그런 촌에서는 둘도 없는 귀물이었다. 거울을 사 가지고 장을 본 뒤에 그는 이 거울을 아내에게 주면 그 기뻐할 모양을 생각하면서 새빨간 저녁 햇빛을 받은, 넘치는 듯한 바다를 안고 자기 집으로, 늘 들르던 탁줏집에도 안 들르고 돌아왔다.

그러나 그가 그의 집 안방에 들어설 때에는 뜻도 안하였던 광경이 그의 눈앞에 벌어져 있었다.

방 가운데는 떡상이 있고, 그의 아우는 수건이 벗어져서 목뒤로 늘어지고, 저고리 고름이 모두 풀어져 가지고 한편 모퉁이에 서 있고 아내도 머리채가 모두 뒤로 늘어지고 치마가 배꼽 아래 늘어지도록 되어 있으며, 그의 아내와 아우는 그를 보고 어찌할 줄을 모르는 듯이, 움찍도 않고 서 있었다.

세 사람은 한참 동안 어이없이 서 있었다. 그러나 좀 있다가 마침내 그의 아우가 겨우 말했다.

"그놈의 쥐 어디 갔지?"

"흥! 쥐? 훌륭한 쥐 잡댔다."

그는 말을 끝내지 않고 짐을 벗어 버리고 뛰어가서 아우의 멱살을 그러쥐었다.

"형님, 정말 쥐가!"

"쥐? 이놈! 형수와 그런 쥐 잡는 놈 어디 있니?"

그는 아우의 따귀를 몇 번 때린 뒤에 등을 밀어서 문 밖에 집어던졌다. 그런 뒤에 이제 자기에게 이를 매를 생각하고 우들우들 떨면서 아랫목에 서 있는 아내에게 달려들었다.

"이년! 시아우와 그런 쥐 잡는 년이 어디 있어?"

그는 아내를 거꾸러뜨리고 함부로 내리 찧었다.

"정말 쥐가……, 아이 죽갔다!"

"이년! 너두 쥐? 죽어라."

그의 팔다리는 함부로 아내의 몸 위에 오르내렸다.

"아이 죽갔다. 정말 아까 적은이(시아우)가 왔게 떡 먹으라구 내놓았더니……."

"듣기 싫다. 시아우 붙은 년이 무슨 잔소리!"

"아이, 아이, 정말이야요. 쥐가 한 마리 나……."

"그냥 쥐?"

"쥐 잡을래다가……."

"상년! 죽얼! 물이래두 빠데 죽얼……."

그는 실컷 때린 뒤에 아내도 아우와 같이 등을 밀어 내어 쏘았
다. 그 뒤에 그의 등에로,

"고기 배때기에 장사해라!"

고 토하였다.

분풀이는 실컷 하였지만, 그래도 마음속이 자못 편치 못하였다.
그는 아랫목으로 가서 바람벽을 의지하고 실신한 사람같이 우두
커니 서서, 떡상만 들여다보고 있었다.

서편으로 바다를 향한 마을이라, 다른 곳보다는 늦게 어둡지만,
그래도 술시쯤 되어서는 깜깜하니 어두웠다. 그는 불을 켜려고 바
람벽에서 떠나 성냥을 찾으려고 돌아갔다. 성냥은 늘 있던 자리에
있지 않았다. 그래서 여기저기 뒤적이노라니까 어떤 낡은 옷뭉치
를 들칠 때에 쥐소리가 나면서 무엇이 후덕덕 뛰어나온다. 그리하
여 저편으로 기어서 도망한다.

"역시 쥐댔구나!"

그는 조그만 소리로 부르짖었다. 그리고 그만 그 자리에 맥없이
털썩 주저앉았다.

아까 그가 보지 못한 때의 광경이 활동사진과 같이 그의 머리에

지나갔다.

아우가 집에를 왔다. 아우에게 친절한 아내는 떡을 먹으라고 아우에게 떡상을 내어놓는다. 그때에 어디선가 쥐가 한 마리 뛰어나온다. 둘이서는 쥐를 잡느라고 돌아간다. 한참 성화시키던 쥐는 어느 구석에 숨어버린다. 그들은 쥐를 찾느라고 두리번거린다. 그때에 그가 들어선 것이다.

"상년, 좀 있으믄 안 들어오리……."

그는 억지로 마음먹고 그 자리에 드러누웠다.

그러나 그의 아내는 밤이 가고 밝기는커녕 해가 중천에 올라도 돌아오지를 않았다. 그는 차차 걱정이 나서 찾아보러 나섰다.

아우의 집에도 없었다. 동리를 모두 찾아보아도 본 사람이 없다한다.

그리하여 낮쯤, 한 삼십 리 내려간 바닷가에서 겨우 아내를 찾기는 찾았지만, 그 아내는 이전과 같은 생기로 찬 산 아내가 아니요, 몸은 물에 불어서 곱이나 크게 되고, 이전에 늘 웃음을 흘리던 예쁜 입에는 거품을 잔뜩 물은 죽은 아내였다.

그는 아내를 업고 집에 오기까지에 정신이 없었다.

이튿날 간단하게 장사를 하였다. 뒤에 따라오는 아우의 얼굴에는,

"형님 이게 웬일이오니까?"

하는 듯한 원망이 있었다.

장사를 지낸 이튿날부터 아우는 그 조그만 마을에서 없어졌다. 하루 이틀은 심상히 지냈지만, 닷새 엿새가 지나도 아우는 돌아오지 않았다. 그래서 알아보니까 꼭 그의 아우와 같이 생긴 사람이 오륙 일 전에 멧산자 봇짐을 하여 진 뒤에 새빨간 저녁해를 등으로 받고 더벅더벅 동편으로 가더라 한다. 그리하여 열흘이 지나고 스무날이 지났지만 한번 떠난 그의 아우는 돌아올 길이 없고, 혼자 남은 아우의 아내는 만날 한숨으로 세월을 보내게 되었다.

　그도 이것을 잠자코 보고 있을 수가 없었다. 그 불행의 모든 죄는 죄 그에게 있었다.

　그도 마침내 뱃사람이 되어, 적으나마 아내를 삼킨 바다와 늘 접근하며, 가는 곳마다 아우의 소식을 알아보려고, 어떤 배를 얻어 타고 물길을 나섰다.

　그는 가는 곳마다 아우의 이름과 모양을 물었으되, 아우의 소식은 알 수가 없었다.

　이리하여 꿈결같이 십 년을 지나서, 구 년 전 가을 탁탁히 낀 안개를 깨며 연안 바다를 지나가던 그의 배는 몹시 부는 바람으로 말미암아 파선을 하여 벗 몇 사람은 죽고, 그는 정신을 잃고 물위에 떠돌고 있었다.

　그가 겨우 정신을 차린 때는 밤이었다. 그리고 어느덧 그는 뭍위에 올라와 있었고, 그를 말리느라고 새빨갛게 피워 놓은 불빛으로 자기를 간호하는 아우를 보았다.

그는 이상하게 놀라지도 않고 천천히 물었다.

"너! 어떻게 여기 완!"

아우는 잠자코 한참 있다가 겨우 대답하였다.

"형님, 그저 다 운명이외다."

따뜻한 불기운에 잠이 들려 하던 그는 화닥닥 깨면서 또 말하였다.

"십 년 동안에 되게 파리했구나."

"형님, 나두 변했거니와 형님두 되게 변하셋쉐다!"

이 말을 꿈결같이 들으면서 그는 또 혼곤히 잠이 들었다. 그리하여 두어 시간, 꿀보다도 단 잠을 잔 뒤에 깨어 보니 아까 같이 새빨간 불은 피워 있지마는, 아우는 어디로 갔는지 없어졌다. 겨우 사람에게 물어보니까, 아까 아우는 그의 얼굴을 물끄러미 한참 들여다보고 있다가 새빨간 불빛을 등으로 받으면서 터벅터벅 아무 말 없이 어두움 가운데로 스러졌다 한다. 이튿날 아무리 알아봐야 그의 아우는 종적이 없어지고, 알 수 없으므로, 그는 할 수 없이 다른 배를 얻어 타고 또 물길을 나섰다. 그리하여 그의 배가 해주에 이르렀을 때, 그는 해주장에 들어가서 무엇을 사려다가, 저편 가게에 걸핏 그의 아우와 같은 사람이 있으므로 뛰어가서 보니 그는 벌써 없어졌다. 배가 해주에는 오래 머무르지 않으므로, 그는 마음을 해주에 남겨 두고 또다시 바닷길을 떠났다.

그 뒤에 삼 년을 이리저리 돌아다녀서도 아우는 다시 볼 수가 없었다.

그리하여 삼 년을 지나서 지금부터 육 년 전에, 그의 탄 배가 강화도를 지날 때에 바다로 행한 가파로운 메 곁에서 바다로 향하여 날라오는 배따라기를 들었다. 그것도 어떤 구절과 곡조는 그의 아우 특색으로 변경된 그의 아우가 아니면 부를 사람이 없는 그 배따라기였다.

배가 강화도에 머무르지 않아서 그저 지나갔으나, 인천서 열흘쯤 머무르게 되었으므로, 그는 곧 내려서 강화도로 건너갔다. 거기서 여기저기 찾아다니다가 어떤 조그만 객주집에서 물어보니, 이름도 그의 아우요, 생긴 모양도 그의 아우인 사람이 묵어 있기는 하였으나, 사나흘 전에 도로 인천으로 갔다 한다. 그는 곧 돌아서서 인천으로 건너가서 찾아보았지만, 그 조그만 인천서도 그의 아우는 찾을 바이 없었다.

그 뒤에 눈 오고 비 오며 육 년이 지났지만, 그는 다시 아우를 만나 보지 못하고 아우의 생사까지 알 수 없었다.

말을 끝낸 그의 눈에는 저녁해에 반사하여 몇 방울의 눈물이 번뜩인다.

나는 한참 있다가 겨우 물었다.

"노형의 계수는?"

"모르디오. 이십 년을 영유는 안 가 봤으니깐요."

"노형은 이제 어디루 갈 테요?"

"것두 모르디오. 정처가 있나요. 바람 부는 대루 몰려 댕기지요."

그는 다시 한번 나를 위하여 배따라기를 불렀다. 아아! 그 속에 잠겨 있는 삭이지 못할 뉘우침! 바다에 대한 애처로운 그리움!

노래를 끝낸 다음에 그는 일어서서 시뻘건 저녁해를 잔뜩 등으로 받고, 을밀대로 향하여 더벅더벅 걸어갔다. 나는 그를 말릴 힘이 없어서 눈이 멀거니 그의 등만 바라보고 앉아 있었다.

그날 밤, 집에 돌아와서도 그 배따라기와 그의 숙명적 경험담이 귀에 쟁쟁히 울리어 한잠도 못 이루고, 이튿날 아침 깨어서 조반도 안 먹고 기자묘로 뛰어가서 또다시 그를 찾아보았다. 그가 어제 깔고 앉았던 풀은, 모두 한편으로 누워서 그가 다녀감을 기념하되, 그는 그 근처에 보이지 않았다.

그러나 — 그러나 배따라기는 어디선가 쟁쟁히 울리어서 모든 소나무들을 떨지 않고는 안 두겠다는 듯이 날아온다.

"모란봉이다. 모란봉에 있다!"

하고, 나는 한숨에 모란봉으로 뛰어갔다. 모란봉에는 사람이 하나도 없다. 부벽루에도 없다.

"을밀대다!"

하고 나는 다시 을밀대로 갔다. 을밀대에서 부벽루로 연한, 지옥까지 연한 듯한 구렁텅이에 물 한 방울도 안 새리라고 **빽빽이** 난 소나무의 그 모든 잎잎은 떨리는 배따라기를 부르고 있지만, 그는 여기에도 있지 않다. 기자묘의 하늘을 향하여 퍼져 나간 그 모든 소나무의 천만의 잎잎도, 그 아래쪽 퍼진 천만의 풀들도, 모두 그 배따라기를 슬프게 부르고 있지만, 그는 이 조그만 모란봉 일대에선 찾을 수가 없었다.

강가에 나가서 알아보니, 그의 배는 오늘 새벽에 떠났다 한다.

그 뒤에, 여름과 가을이 가고 일 년이 지나서 다시 봄이 이르렀으되, 잠깐 평양을 다녀간 그는 그 숙명적 경험과 슬픈 배따라기를 남겨 둘 뿐, 다시 조그만 모란봉엔 나타나지 않는다.

모란봉과 기자묘에 다시 봄이 이르러서, 작년에 그가 깔고 앉아서 부러졌던 풀들도 다시 곱게 대가 나서 자줏빛 꽃이 피려 하지만, 끝없는 뉘우침을 다만 한낱 배따라기로 하소연하는 그는 이 조그만 모란봉과 기자묘에서 다시 볼 수가 없었다. 다만 그가 남기고 간 배따라기만 추억하는 듯이, 기념하는 듯이 모든 잎잎이 속삭이고 있을 따름이다.

✳ 작품해설

이 작품은 1921년 5월 『창조』에 발표된 김동인의 단편소설이다. 의처증과 오해가 평범하게 살아가던 사람들의 관계를 와해시키는 인간의 무력한 모습을 그리고 있다. 문장이 간략하여 군더더기의 수사나 화려한 문장이 없으며 낭만주의적 경향이 짙은 이 작품은 김동인의 작가로서의 위상을 확고하게 해주었다. 배따라기는 평안도 민요의 하나로 뱃사람들의 고달프고 덧없는 생활을 내용으로 담고 있다.

1910년대 이광수 소설의 계몽적 경향과 달리 순수 예술 단편으로서의 기본적 형태를 갖춘 작품이라 할 수 있다. 문체에 있어서 이 소설은 꼭 필요한 부분에서는 그의 특징이라 할 수 있는 간결하고 직접적이고 역동적인 묘사가 돋보이고 빠른 사건 전개가 두드러진다.

그는 목을 놓고 처울면서 낫을 휘둘렀다. 칠성문 밖 외따른 밭 가운데 홀로 서 있는 왕서방의 집에서는 일장의 활극이 일어났다. 그러나 그 활극도 곧 잠잠하게 되었다. 복녀의 손에 들리어 있던 낫은 어느덧 왕서방의 손으로 넘어가고 복녀는 목으로 피를 쏟으며 그 자리에 고꾸라져 있었다.

감자

싸움, 간통, 살인, 도둑, 징역, 이 세상의 모든 비극과 활극의 근원지인 칠성문 밖 빈민굴로 오기 전까지는, 복녀의 부처는 (사농공상의 제2위에 드는) 농민이었다.

복녀는 원래 가난은 하나마 정직한 농가에서 규칙 있게 자라난 처녀였다. 예전 선비의 엄한 규율은 농민으로 떨어지자부터 없어졌다. 하나, 그러나 어딘지는 모르지만 딴 농민보다는 좀 똑똑하고 엄한 가율이 그의 집에 그냥 남아 있었다. 그 가운데서 자라난 복녀는 물론, 다른 집 처녀들같이 여름에는 벌거벗고 개울에서 멱감고, 바짓바람으로 동네를 돌아다니는 것을 예사로 알기는 알았지만, 그러나 그의 마음속에는 막연하나마 도덕이라는 것에 대한 기품을 가지고 있었다.

그는 열다섯 살 나는 해에 동네 홀아비에게 팔십 원에 팔려서 시집이라는 것을 갔다. 그의 새서방(영감이라는 편이 적당할까)이라는 사람은 그보다 이십 년이나 위로서, 원래 아버지의 시대에는 상당한 농민으로 밭도 몇 마지기가 있었으나, 그의 대로 내려오면서는 하나 둘 줄기 시작하여서 마지막에 복녀를 판 팔십 원이 그의 마지막 재산이었다. 그는 극도로 게으른 사람이었다.

동네 노인의 주선으로 소작밭깨나 얻어 주면, 종자만 뿌려 둔 뒤에는 후치질도 안하고 김도 안 매고 그냥 버려두었다가는 가을에 가서는 되는 대로 거둬서 "금년은 흉년입네" 하고 전주 집에는 가져도 안 가고 혼자 먹어 버리곤 하였다. 그러니까 그는 한 밭을 이태를 연하여 붙여 본 일이 없었다. 이리하여 몇 해를 지내는 동안 그는 그 동네에서는 밥을 못 얻으리만큼 인심과 신용을 잃고 말았다.

복녀가 시집을 온 뒤 한 삼사 년은 장인의 덕으로 이렁저렁 지내 갔으나 예전 선비의 꼬리인 장인도 차마 사위를 밉게 보기 시작하였다. 그들은 처가에까지 신용을 잃게 되었다. 그들 부처는 여러 가지로 의논하다가 하릴없이 평양성 안으로 막벌이로 들어왔다. 그러나 게으른 그에게는 막벌이나마 역시 되지 않았다. 하루종일 지게를 지고 연광정에 가서 대동강만 내려다보고 있으니, 어찌 막벌이인들 될까. 한 서너 달 막벌이를 하다가 그들은 요행 어떤 집 막간(행랑)살이로 들어가게 되었다.

　그러나 그 집에서도 얼마 안 되어 쫓겨나왔다. 복녀는 부지런히 주인집 일을 보았지만 남편의 게으름은 어찌할 수가 없었다. 만날 복녀는 눈에 칼을 세워가지고 남편을 채근하였지만 그의 게으른 버릇은 개를 줄 수 없었다.

　"뱃섬 좀 치워달라우요."

　"남 졸음 오는데, 님자 치우시관."

　"내가 치우나요."

　"이십 년이나 밥을 처먹고 그걸 못 치워!"

　"에이구 캄 죽구나 말디."

　"이년 뭘!"

　이러한 싸움이 그치지 않다가 마침내 그 집에서도 쫓겨나왔다.

　이젠 어디로 가나? 그들은 하릴없이 칠성문 밖 빈민굴로 밀리어 나오게 되었다. 칠성문 밖을 한 부락으로 삼고 그곳에 모여 있는 모든 사람들의 정업은 거지요, 부업으로는 도둑질(자기끼리의)과 매음, 그 밖에 이 세상의 모든 무섭고 더러운 죄악이 있었다. 복녀도 그 정업으로 나섰다.

　그러나 열아홉 살의 한창 좋은 나이의 여편네에게는 누가 밥인들 잘 줄까.

"젊은 거이 거랑질은 왜."

그런 소리를 들을 때마다 그는 여러 가지 말로 남편이 병으로 죽어 가거니 어쩌니 핑계는 대었지만, 그런 핑계에는 단련된 평양 시민의 동정은 역시 살 수가 없었다. 그들은 이 칠성문 밖에서도 가장 가난한 사람 가운데 드는 편이었다. 그 가운데서 잘 수입되는 사람은 하루에 오리짜리 돈뿐으로 일 원 칠팔십 전의 현금을 쥐고 돌아오는 사람까지 있었다.

극단으로 나가서는 밤에 돈벌이를 나갔던 사람은 그날 밤 사십 원을 벌어가지고 그 근처에서 담배장사를 하기 시작한 사람까지 있었다.

복녀는 열아홉 살이었다. 얼굴도 그만하면 빤빤하였다. 그 동네 여인들의 보통 하는 일을 본받아서, 그도 돈벌이 좀 잘하는 사람의 집에라도 간간 찾아가면 매일 오륙십 전은 벌 수가 있었지만 선비의 집안에서 자라난 그는 그런 일은 할 수가 없었다.

그들 부처는 역시 가난하게 지냈다. 굶는 일도 있었다.

기자묘 솔밭에 송충이가 끓었다. 그때 평양루에서는 그 송충이를 잡는 데(은혜를 베푸는 뜻으로) 칠성문 밖 빈민굴의 여인들을 인부로 쓰게 되었다.

빈민굴 여인들은 모두가 자원을 하였다. 그러나 뽑힌 것은 겨우 오십 명쯤이었다. 복녀도 그 뽑힌 사람 가운데 한 사람이었다.

복녀는 열심으로 송충이를 잡았다. 소나무에 사다리를 놓고 올라가서는 송충이를 집게로 집어서 약물에 잡아넣고 또 그렇게 하고 그의 통은 잠깐 사이에 차곤 하였다. 하루에 삼십이 전씩의 품삯이 그의 손에 들어왔다.

그러나 대엿새 하는 동안에 그는 이상한 현상을 하나 발견하였다. 그것은 다른 것이 아니라 젊은 여인부 한 여남은 사람은 언제든 송충이는 안 잡고 아래서 지절거리며 웃고 날뛰기만 하고 있는 것이었다. 뿐만 아니라 그 놀고 있는 인부의 품삯은 일하는 사람의 삯전보다 팔 전이나 더 많이 내어주는 것이다. 감독은 한 사람뿐이었는데, 감독도 그들이 놀고 있는 것을 묵인할 뿐 아니라 때때로 자기까지 섞여서 놀고 있었다.

어떤 날 송충이를 잡다가 점심때가 되어서 나무에서 내려와서 점심을 먹고 다시 올라가려 할 때에 감독이 그를 찾았다.

"복네! 애, 복네!"

"왜 그릅네까?"

"좀 오나라."

그는 말없이 감독 앞에 갔다.

"내, 너, 음…… 데 뒤 좀 가 보자."

"뭘 하게요?"

"글쎄, 가자……."

"가디요, 형님!"

그는 돌아서면서 인부들 모여 있는 데로 고함쳤다.

"형님두 갑세다가레."

"싫다 얘, 둘이서 재미나게 가는데 내가 무슨 맛에 가갔니?"

복녀는 얼굴이 새빨갛게 되면서 감독에게로 돌아섰다.

"가 보자."

감독은 저편으로 갔다. 복녀는 머리를 숙이고 따라갔다.

"복네 도캇구나."

뒤에서 이런 소리가 들렸다. 복녀의 숙인 얼굴은 더욱 **빨갛게** 되었다.

그날부터 복녀도 '일 안하고 품삯 많이 받는 인부'의 한 사람으로 되었다.

복녀의 도덕관 내지 인생관은 그때부터 변하였다.

그는 여태껏 딴 사내와 관계를 한다는 것을 생각하여 본 일도 없었다. 그것은 사람의 일이 아니요 짐승의 하는 것쯤으로만 알고 있었다. 혹은 그런 일은 하면 탁 죽어지는지도 모를 일로 알았다.

그러나 이런 이상한 일이 다시 있을까. 사람인 자기도 그런 일을 한 것을 보면 그것은 결코 사람으로 못할 일도 아니었다. 게다가 일 안하고도 돈 더 받고, 긴장된 유쾌가 있고 빌어먹는 것보다 점잖고…… 일본말로 하자면 '삼박자(拍子)' 같은 좋은 일이 이것

뿐이었다. 이것이야말로 삶의 비결이 아닐까. 뿐만이 아니라 이
일이 있은 뒤부터 그는 처음으로 한 개 사람으로 된 것 같은 자신
까지 얻었다.

그 뒤부터는 그의 얼굴에 조금씩 분도 바르게 되었다.

일 년이 지났다.

그의 처세의 비결은 더욱더 순탄히 진척되었다. 그의 부처는 인
제는 그리 궁하게 지내지는 않게 되었다. 그의 남편은 이것이 결
국 좋은 일이라는 듯이 아랫목에 누워서 얼씬얼씬 웃고 있었다.

복녀의 얼굴은 더욱 예뻐졌다.

"여보 아즈바니, 오늘은 얼마나 벌었소?"

복녀는 돈 좀 많이 벌은 듯한 거지를 보면 이렇게 찾는다.

"오늘은 많이 못 벌었쉐다."

"얼마?"

"도무지 열서너 냥."

"많이 벌었쉐다가레. 한 댓 냥 꿰주소고레."

"오늘은 내가……."

어쩌고어쩌고 하면 복녀는 곧 뛰어가서 그의 팔에 늘어진다.

"나한테 들킨 댐에는 꿰구야 말아요."

"난, 원 이 아즈마니 만나믄 야단이더라. 자 꿰주디, 그 대신 응?

알아 있디?"

"난 몰라요, 해해해해."

"모르믄, 안 줄 테야."

"글쎄 알았대두 그른다."

— 그의 성격은 이만큼 진보되었다.

가을이 되었다.

칠성문 밖 빈민굴의 여인들은 가을이 되면 칠성문 밖에 있는 중국인의 채마밭에 감자(고구마)며 배추를 도둑질하러 밤에 바구니를 가지고 간다. 복녀도 감자깨나 도둑질하여 왔다.

어떤 날 밤 그는 고구마를 한 바구니 잘 도둑하여 가지고 이젠 돌아가려고 일어설 때에 그의 뒤에 시커먼 그림자가 서서 그를 꽉 붙들었다. 보니 그것은 그 밭의 주인인 중국인 왕서방이었다. 복녀는 말도 못하고 멀찐멀찐 발 아래만 보고 있었다.

"우리집에 가!"

왕서방은 이렇게 말하였다.

"가재문 가디, 원 것도 못 갈까."

복녀는 엉덩이를 한번 휙 두른 뒤에 머리를 젖히고 바구니를 저으면서 왕서방을 따라갔다.

한 시간쯤 뒤에 그는 왕서방의 집에서 나왔다. 그가 밭고랑에서 길로 들어서려 할 때에 문득 뒤에서 누가 그를 찾았다.

"복녀 아니야?"

복녀는 획 돌아서 보았다. 거기는 곁집 여편네가 바구니를 끼고 어두운 밭고랑을 더듬더듬 나오고 있었다.

"형님이댔쉐까…… 형님도 들어갔댔쉐까?"

"님자두 들어갔댔나?"

"형님은 뉘 집에?"

"나? 눅(陸)서방네 집에, 님자는?"

"난 왕서방네…… 형님 얼마 받았소?"

"눅서방 그 깍쟁이놈 배추 세 페기……."

"난 삼 원 받았다."

복녀는 자랑스러운 듯이 대답하였다.

십 분쯤 뒤에 그는 자기 남편과 그 앞에 돈 삼 원을 내놓은 뒤에 아까 그 왕서방의 이야기를 하면서 웃고 있었다.

그 뒤부터 왕서방은 무시로 복녀를 찾아왔다.

한참 왕서방이 눈만 멀찐멀찐 앉아 있으면 복녀의 남편은 눈치를 채고 밖으로 나간다. 왕서방이 돌아간 뒤에는 그들 부처는 일 원 혹은 이 원을 가운데 놓고 기뻐하곤 하였다. 복녀는 차차 동네 거지들한테 애교를 파는 것을 중지하였다. 왕서방이 분주하여 못 올 때가 있으면 복녀는 스스로 왕서방의 집까지 찾아갈 때도 있었다.

복녀의 부처는 이젠 이 빈민굴의 한 부자였다.

그 겨울도 가고 봄이 이르렀다.

그때 왕서방은 돈 백 원으로 처녀 하나를 마누라로 사오게 되었다.

"흥."

복녀는 다만 코웃음만 쳤다.

"복녀 강짜하갔구만."

동네 여편네들이 이런 말을 하면 복녀는 '흥' 하고 코웃음을 웃곤 하였다.

내가 강짜를 해? 그는 늘 힘있게 부인하고 하였다. 그러나 그의 마음에 생기는 검은 그림자는 어찌할 수가 없었다.

"이놈 왕서방, 네 두고 보자."

왕서방이 색시를 데려오는 날이 가까워 왔다. 왕서방은 여태껏 자랑하던 기다란 머리를 깎았다. 동시에 그것은 새색시의 의견이라는 소문이 퍼졌다.

"흥!"

복녀는 역시 코웃음만 쳤다.

마침내 새색시가 오는 날이 이르렀다. 칠보단장에 사린교를 탄

색시가 칠성문 밖 채마밭 가운데 있는 왕서방의 집에 이르렀다.
밤이 깊도록 왕서방의 집에는 중국인들이 모여서 별난 악기를 뜯
으며 별난 곡조로 노래하며 야단이었다. 복녀는 집 모퉁이에 숨어
서서 눈에 살기를 띠고 방안의 동정을 듣고 있었다.

다른 중국인들은 새벽 두시쯤 하여 돌아갔다. 그 돌아가는 것을
보면서 복녀는 왕서방의 집안에 들어갔다. 복녀의 얼굴에는 분이
하얗게 발리어 있었다. 신랑 신부는 놀라서 그를 쳐다보았다. 그
것을 무서운 눈으로 흘겨보면서 그는 왕서방에게 가서 팔을 잡고
늘어졌다. 그의 입에서는 이상한 웃음이 흘렀다.

"자, 우리집으로 가요."

왕서방은 아무 말도 못하였다. 눈만 정처없이 두룩두룩하였다.
복녀는 다시 한번 왕서방을 흔들었다.

"자, 어서."

"우리, 오늘은 일이 있어 못 가."

"일은 밤중에 무슨 일."

"그래두 우리 일이⋯⋯."

복녀의 입에 여태껏 떠돌던 이상한 웃음은 문득 없어졌다.

"이까짓것!"

그는 발을 들어서 치장한 신부의 머리를 찼다.

"자, 가자우, 가자우."

왕서방은 와들와들 떨었다. 왕서방은 복녀의 손을 뿌리쳤다. 복녀는 쓰러졌다. 그러나 곧 일어섰다. 그가 다시 일어설 때는 그의 손에 얼른얼른하는 낫이 한 자루 들리어 있었다.

"이 되놈 죽어라. 이놈, 나 때렸니! 이놈아, 아이구 사람 죽이누나."

그는 목을 놓고 처울면서 낫을 휘둘렀다. 칠성문 밖 외따른 밭 가운데 홀로 서 있는 왕서방의 집에서는 일장의 활극이 일어났다. 그러나 그 활극도 곧 잠잠하게 되었다. 복녀의 손에 들리어 있던 낫은 어느덧 왕서방의 손으로 넘어가고 복녀는 목으로 피를 쏟으며 그 자리에 고꾸라져 있었다.

복녀의 송장은 사흘이 지나도록 무덤으로 못 갔다. 왕서방은 몇 번 복녀의 남편을 찾아갔다.

복녀의 남편도 때때로 왕서방을 찾아갔다. 둘의 사이에는 무슨 교섭하는 일이 있었다.

사흘이 지났다.

밤중 복녀의 시체는 왕서방의 집에서 남편의 집으로 옮겨졌다.

그리고 시체에는 세 사람이 둘러앉았다. 한 사람은 복녀의 남편, 한 사람은 왕서방, 또 한 사람은 어떤 한방의사. 왕서방은 말 없이 돈주머니를 꺼내어 십 원짜리 지폐 석 장을 복녀의 남편에게 주었다. 한방의사의 손에도 십 원짜리 두 장이 갔다.

이튿날 복녀는 뇌일혈로 죽었다는 한방의의 진단으로 공동묘지로 실려 갔다.

✻ **작품해설**

　자연주의 경향의 소설로 김동인의 위치를 확고히 해 준 작품이다. 가난하지만 정직하게 자란 한 농가의 여인이 환경의 영향을 받아 타락해 가는 과정을 그렸다. 환경이 운명을 결정한다는 자연주의의 특징대로 복녀의 죽음도 불우한 환경이 빚어낸 일종의 숙명이었다. 자연주의적 경향이 짙은 작품이다. 아름다운 현실보다는 추악한 현실을, 긍적적인 인간성보다는 부정적인 인간성을 폭로한 점에 있어 현실폭로의 전형적인 자연주의 수법을 적용한 작품이라고 할 수 있다.

이때에 문득 내 머리에 떠오른 것은, 삼십 년 전에 심장마비로 죽은 백○○였습니다. 그의 음악으로서, 만약 정통적 훈련만 뽑고 거기다가 야성을 더 집어넣으면 지금 내 눈앞에 있는 그 음악가의 것과 같은 것이 될 것이었습니다. 귀기(鬼氣)가 사람을 엄습하는 듯한 그 힘과 방분스런 표현과 야성(野性) — 이것은 근대 음악가에게 구하기 힘든 보물이었습니다.

광염소나타

독자는 이제 내가 쓰려는 이야기를, 유럽의 어떤 곳에 생긴 일이라고 생각하여도 좋다. 혹은 사오십 년 뒤에 조선을 무대로 생겨날 이야기라고 생각하여도 좋다. 다만, 이 지구상의 어떠한 곳에 이러한 일이 있었는지도 모르겠다, 있는지도 모르겠다, 혹은 있을지도 모르겠다, 가능성뿐은 있다 ── 이만치 알아두면 그만이다.

그런지라, 내가 여기 쓰려는 이야기의 주인공 되는 백성수(白性洙)를, 혹은 알벨트라 생각하여도 좋을 것이요, 찜이라 생각하여도 좋을 것이요, 또는 호 모(胡某)나 기무라 모(木村某)로 생각하여도 괜찮다. 다만 사람이라는 동물을 주인공 삼아가지고, 사람의 세상에서 생겨난 일인 줄만 알면······.

이러한 전제로서, 자 그러면 내 이야기를 시작하자.

"기회(찬스)라 하는 것이, 사람을 망하게도 하고 흥하게도 하는 것을 아시오?"

"네, 새삼스러이 연구할 문제도 아닐걸요."

"자, 여기 어떤 상점이 있다 합시다. 그런데 마침 주인도 없고 사환도 없고 온통 비었을 적에 우연히 그 앞을 지나가던 신사가 ─ 그 신사는 재산도 있고 명망도 있는 점잖은 사람인데 ─ 그 신사가 빈 상점을 들여다보고 혹은 이렇게 생각할 수도 있지 않아요? 텅 비었으니깐 도적놈이라도 넉넉히 들어갈 게다, 들어가서 훔치면 모를 테다, 집을 왜 이렇게 비워 둔담……. 이런 생각 끝에 혹은 그…… 그 뭐랄까, 그 돌발적(突發的) 변태 심리로서 조그만 물건 하나(변변치도 않고 욕심도 안 나는)를 집어서 주머니에 넣는 경우가 있을지도 모르지 않겠습니까?"

"글쎄요."

"있습니다, 있어요."

어떤 여름날 저녁이었었다. 도회를 떠난 교외 어떤 강변에, 두 노인이 앉아서 이런 이야기를 하고 있었다. 그 기회론을 주장하는 사람은, 유명한 음악비평가 K씨였었다. 듣는 사람은 사회 교화자의 모씨였었다.

"글쎄 있을까요?"

"있어요……. 좌우간 있다 가정하고, 그러한 경우에는 그 책임은 어디 있습니까?"

"동양 속담 말에, 외밭서는 신 끈도 다시 매지 말랬으니, 그 신사가 책임을 질까요?"

"그래 버리면 그뿐이지만 그 신사는 점잖은 사람으로서, 그런 절대적 기묘한 찬스만 아니더라면 그런 마음은커녕 염도 내지도 않을 사람이라 생각하면 어찌 됩니까?"

"……."

"말하자면 죄는 '기회'에 있는데 '기회'라는 무형물은 벌은 할 수가 없으니깐, 그 신사를 가해자로 인정할 수밖에는 지금은 없지요."

"그렇습니다."

"또 한 가지…… 사람의 천재라 하는 것도, 경우에 따라서는 어떤 '기회'가 없으면 영구히 안 나타나고 마는 일이 있는데, 그 '기회'란 것이 어떤 사람에게서, 그 사람의 '천재'와 '범죄 본능'을 한꺼번에 끄을어 내었다면 우리는 그 '기회'를 저주하여야겠습니까 축복하여야겠습니까?"

"글쎄요."

"선생은 백성수라는 사람을 아시오?"

"백성수?…… 자…… 기억이 없는데요."

"작곡가(作曲家)로서 그……."

"네, 생각납니다. 유명한…… 〈광염소나타〉의 작가 말씀이지요?"

"네, 그 사람이 지금 어디 있는지 아십니까?"

"모릅니다. ……뭐 발광했단 말이 있었는데……."

"네, 지금 ××정신병원에 감금돼 있는데, 그 사람의 일대기를 이야기할게 들으시고, 사회 교화자(社會敎化者)로서의 의견을 말씀 해 주십쇼."

── 내가 이제 이야기하려는 백성수의 아버지도, 또한 천분(天 分) 많은 음악가였습니다. 나와는 동창생이었는데 학생 시대부터 벌써 그의 천분은 넉넉히 볼 수가 있었습니다. 그는 작곡과(作曲科) 를 전공하였는데, 때때로 스스로 작곡을 하여서는 밤중에 혼자서 피아노를 두드리고 하여서, 우리들로 하여금 뜻하지 않고 일어나 게 하고 하였습니다. 그리고 우리는 그 밤중에 울리어오는 야성(野 性)적 선율에 몸을 소스라치곤 하였습니다.

그는 야인(野人)이었습니다. 광포스런 야성은 때때로 비위에 틀 리면 선생을 두들기기가 예사이며, 우리 학교 근처의 술집이며 모 든 상점 주인들은 그에게 매깨나 안 얻어맞은 사람이 없었습니다. 그러한 야성은 그의 음악 속에 풍부히 잠겨 있어서, 오히려 그 야성적 힘이 그의 예술을 빛나게 하는 것이었습니다.

그러나 그가 학교를 졸업하고 난 뒤에는 그 야성은 다른 곳으로 발전되고 말았습니다.

술 — 술 — 무서운 술이었습니다. 아침부터 저녁까지, 저녁부터 아침까지, 술잔이 그의 입에서 떠나지를 않았습니다. 그리고 술을 먹고는 여편네들에게 행패를 하고, 경찰서에 구류를 당하고, 나와서는 또 같은 일을 하고……

작품? 작품이 다 무엇이외까? 술을 먹은 뒤에 취흥에 겨워, 때때로 피아노에 앉아서 즉흥(卽興)으로 탄주를 하곤 하였는데, 지금 생각하면 그 귀기(鬼氣)가 사람을 엄습하는 힘과 야성(베토벤 이래로 근대 음악가에서 발견할 수 없던), 그건…… 보물이라 하여도 좋을 것이 많았지만, 우리들은 각각 제 길 닦기에 바쁜 사람이라, 주정꾼의 즉흥악을 일일이 베껴 둔다든가 그런 일은 꿈에도 생각하지 않았습니다.

우리들은 그의 장래를 생각하여 때때로 술을 삼가기를 권고하였지만, 그런 야인에게 친구의 권고가 무슨 소용이 있겠습니까.

"술? 술은 음악이다!"

하고는 하하하하 웃어 버리고 다시 술집으로 달아나고 합니다.

그러한 칠팔 년이 지난 뒤에 그는 아주 폐인이 되고 말았습니다. 술이 안 들어가면 그의 손은 떨렸습니다. 눈에는 눈곱이 끼었으니다. 그리고 술이 들어가면…… 술만 들어가면 그는 그 광포성을 발휘하였습니다. 누구를 물론하고 붙잡고는 입에 술을 부어 넣어 주었습니다. 그러다가는 장소를 불문하고 아무 데나 누워서 잡니다.

사실 아까운 천재였습니다. 우리들 사이에는 때때로 그의 천분을 생각하고 아깝게 여기는 한숨이 있었지만, 세상에서는 그 장래가 무서운 한 천재가 있었다는 것은 몰랐었습니다.

그러는 동안에 그는 어떤 양가의 처녀를 어떻게 관계를 맺어서 애까지 뱄습니다. 그러나 그 애의 출생을 보지 못하고, 아깝게도 심장마비로 죽어버리고 말았습니다.

그 유복자로 세상에 나온 것이 백성수였습니다.

그러나 우리는 백성수가 세상에 출생되었다는 풍문만 들었지, 그 애 아버지가 죽은 뒤부터는 그 애의 소식이며 그 애 어머니의 소식은 일체 몰랐습니다. 아니, 몰랐다는 것보다 그 집안의 일은 우리의 머리에서 온전히 잊어버리고 말았습니다.

삼십 년이라는 세월이 흘렀습니다.

십 년이면 산천도 변한다 하는데 삼십 년 사이의 변천을 어찌 이루 다 말하겠습니까. 좌우간 그 동안에 나는 내 길을 닦아놓았습니다. 아시다시피 지금 K라 하면 이 나라에서 첫 손가락을 꼽는 음악비평가가 아닙니까. 견실한 지도적 비평가 K라면 이 나라의 음악계의 권위며, 이 나의 한마디는 음악가의 가치를 결정하는 판결문이라 하여도 옳을 만치 되었습니다. 많은 음악가가 내 손 아래에서 자랐으며, 많은 음악가가 내 지도로써 이름을 날렸습니다.

재작년 이른 봄 어떤 날이었습니다.

그때 나는 조용한 밤중의 몇 시간씩을 ○○예배당에 가서, 명상으로 시간을 보내는 것이 습관이 되어 있었습니다. 언덕 위에 홀로 서 있는 집으로서, 조용한 밤중에 혼자 앉아 있노라면 때때로 들보에서, 놀라서 깨인 비둘기의 날개 소리와, 간간이 기둥에서 뚝뚝 하는 소리밖에는 아무 소리도 들리지 않는, 말하자면 나 같은 괴상한 성미를 가진 사람이 아니면 돈을 주면서 들어가래도 들어가지 않을 음침한 집이었습니다. 그러나 나 같은 명상을 즐기는 사람에게는, 다른 데서 구하기 힘들도록 온갖 것이 갖추어진 집이었습니다. 외따르고 조용하고 음침하며, 간간이 알지 못할 신비한 소리까지 들리며, 멀리서는 때때로 놀란 듯한 기적(汽笛) 소리도 들리는……. 이것뿐으로도 상당한데, 게다가 이 예배당에는 피아노도 한 대 있었습니다. 예배당에는 오르간은 있을지나 피아노가 있는 곳은 쉽지 않은 것으로서, 무슨 흥이나 날 때에는 피아노에 가서 한 곡조 두드리는 재미도 또한 괜찮았습니다.

그날 밤도(아마 두시는 지났을 걸요) 그 예배당에서 혼자서 눈을 감고 조용한 맛을 즐기고 있노라는데 갑자기 저편 아래에서 재재하는 소리가 납니다. 그래서 눈을 번쩍 뜨니까 화광이 충천하였는데, 내다보니까 언덕 아래 어떤 집이 불이 붙으며 사람들이 왔다 갔다 야단이었습니다.

이렇게 말하면 어떨지 모르지만, 그다지 멀지 않은 곳에서 불붙는 것을 바라보는 맛도 괜찮은 것이었습니다. 일어서는 불길이며, 퍼져 나가는 연기, 불씨의 날아나는 양, 그 가운데 거뭇거뭇 보이는 기둥, 집의 송장, 재재거리는 사람의 무리, 이런 것은 어떻게 생각하면 과연 시도 될지며 음악도 될 것이었습니다. 옛날에 '네로'가 불붙는 것을 바라보면서 자기는 비파를 들고 노래를 하였다는 것도 음악가의 견지로 보면 그다지 나무랄 것이 아니었습니다.

나도 그때에 그 불을 보고 차차 흥이 났습니다.

…… '네로'를 본받아서 나도 즉흥으로 한 곡조 두드려 볼까, 어렴풋이 이런 생각을 하며, 나는 그 불을 정신없이 바라보고 있었습니다.

그때였습니다. 갑자기 덜컥덜컥하는 소리가 들리더니 예배당 문이 열리며, 웬 젊은 사람이 하나 낭패한 듯이 뛰어들어왔습니다. 그리고 무엇에 놀란 사람같이 두리번두리번 사면을 살피더니, 그래도 내가 있는 것은 못 보았는지 저편에 있는 창 안에 가서 숨어서서, 아래서 붙는 불을 내려다봅니다.

나도 꼼짝을 못하였습니다. 좌우간 심상스런 사람은 아니요, 방화범이나 도적으로밖에는 인정할 수 없지 않겠습니까? 그래서 꼼짝을 못하고 서 있노라니까 그 사람은 한참 정신없이 서 있다가 한숨 쉽니다. 그리고 맥없이 두 팔을 늘이고 도로 나가려고 발을 떼려다가 자기 곁에 피아노가 놓인 것을 보더니, 교의를 끌어다 놓고 피아노 앞에 주저앉고 말겠지요. 나도 거기는 그만 직업적 흥미가 끄을렸습니다. 그래서 무엇을 하나 보자 하고 있노라니까, 뚜껑을 열더니 한번 뚱 하고 시험을 해보아요. 그리고 조금 있더니 다시 뚱뚱 하고 시험을 해보겠지요.

　이때부터 그의 숨소리가 차차 높아 가기 시작했습니다. 씩씩거리며 몹시 흥분된 사람같이 몸을 떨다가, 벼락같이 양손을 '키' 위에 갖다가 덮었습니다. 그 다음 순간 C#단음계(短音階)의 알레그로가 시작되었습니다.

　처음에는 다만 흥미로서 그의 모양을 엿보고 있던 나는, 그 알레그로가 울리어나오는 순간 마음은 끝까지 긴장되고 흥분되었습니다.

　그것은 순전한 야성(野性)적 음향이었습니다. 음악이라 하기에는 너무 힘있고 무기교(無技巧)이었습니다. 그러나 음악이 아니라기에는 거기는 너무 괴롭고도 무겁고 힘 있는 '감정' 이 들어 있었습니다. 그것은 마치 야반의 종소리와도 같이 사람의 마음을 무겁고 음침하게 하는 음향인 동시에, 맹수의 부르짖음과 같이 사람으로 하여금 소름 돋히게 하는 무서운 감정의 발현이었습니다. 아아, 그 야성적 힘과 남성적 부르짖음, 그 아래 감추어 있는 침통한 주림과 아픔, 순박하고도 아무 기교가 없는 그 표현!

나는 털썩 그 자리에 주저앉고 말았습니다. 그리고 음악가의 본능으로서 뜻하지 않고 주머니에서 오선지(五線紙)와 연필을 꺼내었습니다. 피아노의 울리어 나아가는 소리에 따라서 나의 연필은 오선지 위에서 뛰놀았습니다. 등불도 없는지라, 손짐작으로.

……좀 급속도로 시작된 빈곤, 거기 연하여 주림, 꺼져 가는 불꽃과 같은 목숨, 그러한 것을 지나서 한참 연속되는 완서조(緩徐調)의 압축된 감정, 갑자기 튀어져 나오는 광포(狂暴). 거기 연한 쾌미(快味), 홍소(哄笑) — 이리하여 주화조(主和調)로서 탄주는 끝이 났습니다. 더구나 그 속에 나타나 있는 압축된 감정이며 주림, 또는 맹렬한 불길 등이 사람의 마음에 주는 그 처참함이며 광포성은, 나로 하여금 아직 '문명'이라 하는 것의 은택에 목욕하여 보지 못한 야인(野人)을 연상케 하였습니다.

탄주가 다 끝이 난 뒤에도 나는 정신을 못 차리고 망연히 앉아 있었습니다. 물론 조금이라도 음악의 소양이 있는 사람일 것 같으면, 이제 그 소나타를, 음악에 대하여 정통(正統)으로 아무러한 수양도 받지 못한 사람이, 다만 자기의 천재적 즉흥뿐으로 탄주한 것임을 알 것입니다. 해결(解決)도 없이, 감칠도화현(減七度和絃)이며 증육도화현(增六度和絃)을 범벅으로 섞어 놓았으며, 금칙(禁則) 인 병행 오팔도(竝行五八度)까지 집어넣은 것으로서, 더구나 스케르초는 온전히 뽑아 먹은 — 대담하다면 대담하고 무식하다면 무식하달 수도 있는 방분 자유한 소나타였습니다.

이때에 문득 내 머리에 떠오른 것은, 삼십 년 전에 심장마비로 죽은 백○○였습니다. 그의 음악으로서, 만약 정통적 훈련만 뽑고 거기다가 야성을 더 집어넣으면 지금 내 눈앞에 있는 그 음악가의 것과 같은 것이 될 것이었습니다. 귀기(鬼氣)가 사람을 엄습하는 듯한 그 힘과 방분스런 표현과 야성(野性) — 이것은 근대 음악가에게 구하기 힘든 보물이었습니다.

그 소나타에 취하여 한참 정신이 어리둥절히 앉았던 나는, 고즈 넉이 일어서서 그 피아노 앞에 가서 그의 어깨에 가만히 손을 얹었습니다. 한 곡조를 타고 나서 아주 곤한 듯이 정신이 없이 앉아 있던 그는, 펄떡 놀라며 일어서서 내 얼굴을 보았습니다.

"자네 몇 살 났나?"

나는 그에게 이렇게 첫 말을 물었습니다. 가슴이 답답한 나로서 는 이런 말밖에는 갑자기 다른 말이 생각 안 났습니다. 그는 높은 창에서 들어오는 달빛을 받고 있는 내 얼굴을 한순간 쳐다보고, 머리를 돌이키고 말았습니다.

"배고프나?"

나는 두 번째 그에게 물었습니다.

그는 시끄러운 듯이 벌떡 일어섰습니다. 그리고 달빛이 비친 내 얼굴을 정면으로 바라보다가,

"아, K 선생님 아니세요?"

하면서 나를 붙들었습니다. 그래서 그렇노라고 하니깐,

"사진으로는 늘 뵈었습니다마는……."

하면서 다시 맥없이 나를 놓으며 머리를 돌렸습니다.

그 순간 — 그가 머리를 돌이키는 순간, 달빛에 걸핏 나는 그의 얼굴을 처음으로 보았습니다. 그리고 나는 거기서 뜻밖에, 삼십 년 전에 죽은 벗 백○○의 모습을 발견하였습니다.

"아, 자네 이름이 뭔가?"

"백성수……."

"백성수? 그 백○○의 아들이 아닌가. 삼십 년 전에, 자네가 나 오기 전에 세상 떠난……."

그는 머리를 번쩍 들었습니다.

"네? 선생님 어떻게 아세요?"

"백○○의 아들인가? 같이두 생겼다. 내가 자네의 아버지와 동 창이네. 아아…… 역시 그 애비의 아들이다."

그는 한숨을 길게 쉬며 머리를 숙여버렸습니다.

나는 그날 밤 그 백성수를 데리고 집으로 돌아왔습니다. 그리고 비록 작곡상 온갖 법칙에는 어그러진다 하나, 그만치 힘과 정열과 열성으로 찬 소나타를 거저 버리기가 아까워서 다시 한 번 피아노에 올라앉기를 명하였습니다. 아까 예배당에서 내가 베낀 것은 알레그로가 거의 끝난 곳부터였으므로 그전 것을 베끼기 위해서였습니다.

그는 피아노를 향하여 앉아서 머리를 기울였습니다. 몇 번 손으로 '키'를 두드려보다가는 다시 머리를 기울이고 생각하고 하였습니다. 그러나 다섯 번, 여섯 번을 다시 하여 보았으나 아무 효과도 없었습니다. 피아노에서 울려오는 음향은, 규칙 없고 되지 않은 한낱 소음(騷音)에 지나지 못하였습니다. 야성? 힘? 귀기(鬼氣)? 그런 것은 없었습니다. 감정의 재뿐이었습니다.

"선생님 잘 안 됩니다."

그는 부끄러운 듯이 연하여 고개를 기울이며 이렇게 말하였습니다.

"두 시간도 못 돼서 벌써 잊어버린담?"

나는 그를 밀어 놓고 내가 대신하여 피아노 앞에 앉아서, 아까 베낀 그 음보를 펴놓았습니다. 그리고 내가 베낀 곳부터 타기 시작하였습니다.

화염(火炎)! 화염! 빈곤, 주림, 야성적 힘, 기괴한 감금당한 감정! 음보를 보면서 타던 나는 스스로 흥분이 되었습니다. 미상불 그때

내 눈은 미친 사람같이 번득였으며, 얼굴은 흥분으로 새빨갛게 되었을 것이었습니다.

즉, 그때에 그가 갑자기 달려들더니 나를 떠밀쳐 버렸습니다. 그리고 자기가 대신하여 앉았습니다.

의자에서 떨어진 나는, 그 자리에 앉은 대로 그의 양을 쳐다보았습니다. 그는 나를 밀쳐버린 다음에 그 음보를 들고서 읽기 시작하였습니다. 아아 그의 얼굴! 그의 숨소리가 차차 높아지면서 눈은 미친 사람과 같이 빛을 내기 시작하였습니다. 그러더니 그 음보를 홱 내어던지며 문득 벼락같이 그의 두 손은 피아노 위에 덧업혔습니다.

'C# 단음계'의 광포스런 '소나타'는 다시 시작되었습니다. 폭풍우같이, 또는 무서운 물결같이 사람으로 하여금 숨막히게 하는 그 힘, — 그것은 베토벤 이래로 근대 음악가에서 보지 못하던 광포스런 야성이었습니다.

무섭고도 참담스런 주림, 빈곤, 압축된 감정, 거기서 튀어져나온 맹염(猛炎), 공포, 홍소 — 아아, 나는 너무 숨이 답답하여, 뜻하지 않고 두 손을 홱 내저었습니다.

그날 밤이 새도록, 그는 흥분이 되어서 자기의 과거를 일일이 다 이야기하였습니다. 그 이야기에 의지하면 대략 그의 경력이 이러하였습니다.

　—그의 어머니는 그를 밴 뒤에 곧 자기의 친정에서 쫓겨 나왔습니다.

　그때부터 그의 가난함은 시작되었습니다.

　그러나 교양이 있고 어진 그의 어머니는 품팔이를 할지언정 성수는 곱게 길렀습니다. 변변치는 않으나마 오르간 하나를 준비하여 두고, 그가 잠자려 할 때에는 슈베르트의 〈자장가〉로써 그의 잠을 도왔으며, 아침에 깨일 때는 하루 종일 유쾌히 지내게 하기 위하여 도랜드의 〈세컨드 왈츠〉로서 그의 원기를 돋우었습니다.

　그는 세 살 났을 적에 어머니의 품속에 안겨서 오르간을 장난하여 보았습니다. 이 오르간을 장난하는 것을 본 어머니는, 근근히 돈을 모아서 그가 여섯 살 나는 해에 피아노를 하나 샀습니다.

　아침에는 새소리, 바람에 버석거리는 포플라잎, 어머니의 사랑, 부엌에서 국 끓는 소리, 이러한 모든 것이 이 소년에게는 신비스럽고도 다정스러워, 그는 피아노에 향하여 앉아서 생각나는 대로 '키'를 두드리고 하였습니다.

　이러한 가운데 고이 소학과 중학도 마쳤습니다. 그러는 동안에 음악에 대한 동경은 그의 가슴에 터질 듯이 쌓였습니다.

　중학을 졸업한 뒤에는 이젠 어머니를 위하여, 그는 학업을 중지

하지 않을 수가 없었습니다. 그는 어떤 공장의 직공이 되었습니다. 그러나 어진 어머니의 교육 아래서 길러난 그는, 비록 직공은 되었다 하나 아주 온량한 사람이었습니다.

그리고 음악에 대한 집착은 조금도 줄지 않았습니다. 비록 돈이 없어서 정식으로 음악교육은 못 받을망정, 거리에서 손님을 끄느라고 틀어놓은 유성기 앞이며, 또는 일요일날 예배당에서 찬양대의 노래에 젊은 가슴을 뛰놀리던 그였습니다. 집에서는 피아노 앞을 떠나 본 일이 없었습니다.

때때로 비상한 감흥으로 오선지(五線紙)를 내어놓고, 음보를 그려본 적도 한두 번이 아니었습니다. 그러나 이상한 것은, 그만치 뛰놀던 열정과 터질 듯한 감격도, 음보로 그려놓으면 아무 긴장도 없는 싱거운 음계가 되어 버리고 하였습니다. 왜? 그만치 천분이 있고 그만치 열정이 있던 그에게서, 왜 그런 재와 같은 음악만 나왔느냐고 물으실 테지요. 거기 대하여서는 이따가 설명하리다.

감격과 불만, 열정과 재, ─ 비상한 흥분과 그 흥분에 반비례되는 시원치 않은 결과, 이러한 불만의 십 년이 지났습니다.

그의 어머니는 문득 몹쓸 병에 걸렸습니다.

자양과 약값, 그의 몇 해를 근근히 모았던 돈은 차차 줄기 시작하였습니다. 조금이라도 안락한 생활이 되기만 하면, 정식으로 음악에 대한 교육을 받으려고 모아 두었던 저금은, 그의 어머니의 병에 다 들어갔습니다. 그러나 그의 어머니의 병은 차도가 보이지 않았습니다.

그리하여 그와 내가 그 예배당에서 만나기 전해 여름 어떤 날 그의 어머니는 도저히 회복할 가망이 없는 중태에까지 빠지게 되었습니다. 그러나 그때는 벌써 그에게는 돈이라고는 다 떨어진 때였습니다.

그날 아침, 그는 위독한 어머니를 버려 두고 역시 공장에를 갔습니다. 그러나 아무리 하여도 마음이 놓이지 않아서, 일을 중도에 그만두고 집으로 돌아왔습니다. 그때는 어머니는 벌써 혼수상태에 빠져 있었습니다. 가슴이 덜컥 내려앉은 그는 황급히 다시 뛰어나갔습니다. 그러나 어디로? 무얼 하러? 뜻없이 뛰어나와서 한참 달음박질하다가, 그는 문득 정신을 차리고 의사라도 청할 양으로 히끈 돌아섰습니다.

그때였습니다. 아까 내가 말한 바 '기회'라는 것이 그때에 그의 앞에 나타났습니다. 그것은 조그만 담뱃가게 앞이었는데, 가게와 안방과의 사이의 문은 닫혀 있고 안에는 미상불 사람이 있을지나 가게를 보는 사람이 눈에 안 띄었습니다. 그리고 그 담배 상자 위에는 오십 전짜리 은전 한 닢과 동전 몇 닢이 놓여 있었습니다.

그는 자기로도 무엇을 하는지 몰랐습니다. 의사를 청하여 오려면 다만 몇십 전이라도 돈이 있어야겠단 어렴풋한 생각만 가지고 있던 그는, 한번 사면을 살핀 뒤에 벼락같이 그 돈을 쥐고 달아났습니다.

그러나 그는 이십 간도 뛰지 못하여 따라오는 그 집 사람에게 붙들렸습니다.

그는 몇 번을 사정하였습니다. 마지막에는 자기의 어머니가 명재경각이니, 한 시간만 놓아주면 의사를 어머니에게 보내고 다시 오마고까지 하여보았습니다. 그러나 그런 말은 모두 헛소리로 돌아가고, 그는 마침내 경찰서로 가게 되었습니다.

경찰서에서 재판소로, 재판소에서 감옥으로, ― 이러한 여섯 달 동안에 이를 갈면서 분해하였습니다. 자기 어머니의 운명이 어찌되었나, 그는 손과 발을 동동 구르면서 안타까워했습니다. 만약 세상을 떠났다 하면, 떠나는 순간에 얼마나 자기를 찾았겠습니까. 임종에도 물 한잔 떠넣어줄 사람이 없는 어머니였습니다. 애타하는 그 모양, 목말라하는 그 모양을 생각하고는, 그 어머니에게 지지 않게 자기도 애타하고 목말라했습니다.

반년 뒤에 겨우 광명한 세상에 나와서 자기의 오막살이를 찾아가매, 거기는 벌써 다른 사람이 들어 있었으며, 어머니는 반년 전에 아들을 찾으며 길에까지 기어나와서 죽었다 합니다.

공동묘지를 가보았으나 분묘조차 발견할 수가 없었습니다.

이리하여 갈 곳이 없이 헤매던 그는, 그날도 역시 잘 곳을 찾으러 헤매다가 그 예배당(나하고 만난)까지 뛰쳐들어온 것이었습니다.

— 여기까지 이야기해 오던 K씨는 문득 말을 끊었다. 그리고 마도로스 파이프를 꺼내어 담배를 피워 가지고 빨면서 모씨에게 향하였다.

"선생은 이제 내가 이야기한 가운데 모순된 점을 발견 못하셨습니까?"

"글쎄요."

"그럼 내가 대신 물으리다. 백성수는 그만치 천분이 많은 음악가였었는데, 왜 그 〈광염소나타〉(그날 밤의 소나타를 〈광염소나타〉라고 그랬습니다)를 짓기 전에는 그만치 흥분되고 긴장됐다가도 일단 음보로 만들어 놓으면 아주 힘없는 것이 되어 버리고 했겠습니까?"

"그거야 미상불 그때의 흥분이 〈광염소나타〉를 지을 때의 흥분만 못한 연고겠지요."

"그렇게 해석하세요? 듣고 보니 그것도 한 해석이 되기는 합니다. 그러나 나는 그렇게 해석 안하는데요."

"그럼 K씨는 어떻게 해석하십니까?"

"나는…… 아니, 내 해석을 말하는 것보다 그 백성수한테서 내게로 온 편지가 한 장 있는데, 그것을 보여드리리다. 선생은 오늘

바쁘시지 않으세요?"

"일은 없습니다."

"그러면 우리집까지 잠깐 같이 가보실까요?"

"가지요."

두 노인은 일어섰다.

도회와 교외의 경계에 딸린 K씨의 집에까지 두 노인이 이른 때는 오후 너덧시쯤이었다.

두 노인은 K씨의 서재에 마주앉았다.

"이것이 이삼 일 전에 백성수한테서 내게로 온 편지인데, 읽어보세요."

K씨는 서랍에서 커다란 편지뭉치를 꺼내어, 모씨에게 주었다. 모씨는 받아서 폈다.

"가만, 여기서부터 보세요. 그 전에는 쓸데없는 인사이니까."

――(전략) 그리하여 그날도 또한 이제 밤을 지낼 집을 구하느라고 돌아다니던 저는, 우연히 그 집(제가 전에 돈 오십여 전을 훔친 집) 앞에까지 이르렀습니다. 깊은 밤 사면은 고요한데 그 집 앞에서 잘 곳을 구하느라고 헤매던 저는, 문득 마음속에 무서운 복수의 생각이 일어났습니다. 이 집만 아니었다면, 이 집 주인이 조금만 인정이라는 것을 알았다면, 저는 그 불쌍한 제 어머니로서 길에까지

기어나와서 세상을 떠나게 하지는 않았겠습니다. 분묘가 어디인지조차 알지 못하여, 꽃 한 번 갖다가 꽂아보지 못한 이러한 불효도 이 집 때문이외다. 이러한 생각에 참지를 못하여, 그 집 앞에 가려 있는 볏짚에다가 불을 놓았습니다. 그리고 거기 서서 불이 집으로 옮아가는 것을 다 본 뒤에 갑자기 무서운 생각이 나서 달아났습니다.

좀 달아나다 보매, 아래서는 벌써 사람이 꾀어들기 시작한 모양인데, 이때에 저의 머리에 타오르는 생각은 통쾌하다는 생각과 달아나려는 생각뿐이었습니다. 그리하여 저는 몸을 숨기기 위하여, 앞에 보이는 예배당 안으로 뛰어들어갔습니다.

거기서 불이 다 꺼지도록 구경을 한 뒤에 나오려다가 피아노를 보고…….

"이보세요."

K씨는 편지를 보는 모씨를 찾았다.

"비상한 열정과 감격은 있어두, 그것이 그대로 표현 안 된 것이 그것 때문이었습니다. 즉 성수의 어머니는 몹시 어진 사람으로서, 어렸을 때부터 성수의 교육을 몹시 힘을 들여서 착한 사람이 되도록, 착한 사람이 되도록 이렇게 길렀습니다그려. 그 어진 교육 때문에 그가 하늘에서 타고난 광포성과 야성이 표면상에 나타나지를 못하였습니다. 그 타오르는 야성적 열정과 힘이 음보(音譜)로 그려놓으면 아주 힘없는, 말하자면 김빠진 술같이 되고 하는 것이 모두 그 때문이었습니다그려. 점잖고 어진 교훈이 그의 천분을 못 발휘하게 한 셈이지요."

"흠!"

"그것이, 그 사람 — 성수가, 감옥 생활을 할 동안에 한번 씻기우기는 하였으나, 그러나 사람의 교양이라 하는 것은 온전히 씻지는 못하는 것이외다. 그러다가, 그 '원수'의 집 앞에서 갑자기, 말하자면 돌발적으로 야성과 광포성이 나타나서 불을 놓고 예배당 안에 숨어서서 그 야성적 광포적 쾌미를 한껏 즐긴 다음에, 그에게서 폭발하여 나온 것이 그 〈광염 소나타〉였구려. 일어서는 불길, 사람의 비명, 온갖 것을 무시하고 퍼져 나가는 불의 세력 — 이런 것은 사실 야성적 쾌미 가운데 으뜸이 되는 것이니깐요."

"……."

"아셨습니까? 그러면 그 다음에 그 편지의 여기부터 또 보세요."

…… (중략) 저는, 그날의 일이 아직 눈앞에 어리는 듯하외다. 선생님이 저를 세상에 소개하시기 위하여, 늙으신 몸이 몸소 피아노에 앉으셔서, 초대한 여러 음악가들 앞에서 제 〈광염소나타〉를 탄주하시던 그 광경은, 지금 생각하여도 제 눈에서 눈물이 나

오려 합니다. 그때에 그 손님 가운데 부인 손님 두 분이 기절을 한 것은, 결코 〈광염소나타〉의 힘뿐이 아니고, 선생님의 그 탄주의 힘이 많이 섞인 것을 뉘라서 부인하겠습니까. 그 뒤에 여러 사람 앞에 저를 내어세우고, "이 사람이 〈광염소나타〉의 작자이며, 삼십 년 전에 우리를 버려두고 혼자 간 일대의 귀재 백○○의 아들이외다"고 소개를 하여 주신 그때의 그 감격은 제 일생에 어찌 잊사오리까.

그 뒤에 선생님께서 저를 위하여 꾸며주신 방도, 또한 제 마음에 가장 맞는 방이었습니다. 널따란 북향 방에, 동남쪽 귀에 든든한 참나무 침대가 하나, 서북쪽 귀에 아무 장식 없는 참나무 책상과 의자, 피아노가 하나씩, 그 밖에 방안은 장식이라고는 서남쪽 벽에 커다란 거울이 하나 있을 뿐, 덩더렇게 넓은 방은 사실 밤에 전등 아래 앉아 있노라면 저절로 소름이 끼치도록 무시무시한 방이었습니다. 게다가 방안에 모두 검은 칠을 하고, 창 밖에는 늙은 홰나무의 고목이 한 그루 서 있는 것도 과연 귀기(鬼氣)가 돌았습니다. 이러한 가운데서 선생님은 저로 하여금 방분스러운 음악을 낳도록 애써주셨습니다.

저도 그런 환경 아래서 좋은 음악을 낳아 보려고 얼마나 애를 썼겠습니까. 어떤 날 선생님께 작곡에 대한 계통적 훈련을 원할 때에 선생님은 이렇게 대답하셨습니다.

"자네에게는 그러한 교육이 필요가 없어. 마음대로 나오는 대로 하게. 자네 같은 사람에게 계통적 훈련이 들어가면 자네의 음악은 기계화해 버리고 말어. 마음대로 온갖 규칙과 규범을 무시하고 가슴에서 터져 나오는 대로……."

저는 이 말씀의 뜻을 똑똑히는 몰랐습니다. 그러나 대략한 의미뿐은 통하였습니다. 그리하여 저는 마음대로 한껏 자유스러운 음악의 경지를 개척하려 하였습니다.

그러나 그 동안에 제가 산출한 음악은 모두 이상히도 저의 이전(제 어머니가 아직 살아 계실 때)의 것과 마찬가지로, 아무러한 힘도 없는 음향의 유희에 지나지 못하였습니다.

저는 얼마나 초조하였겠습니까. 때때로 선생님께서 채근 비슷이 하시는 말씀은 저로 하여금 더욱 초조하게 하였습니다. 그리고 마음이 초조하면 초조할수록, 제게서 생겨나는 음악은 더욱 나약한 것이 되었습니다.

저는 때때로 그 불붙던 광경을 생각하여 보았습니다. 그리고 그때에 통쾌하던 감정을 되풀이하여 보려 하였습니다. 그러나 그것 역시 실패에 돌아갔습니다.

때때로 비상한 열정으로 음보를 그려 놓은 뒤에, 몇 시간을 지나서 다시 한 번 읽어보면, 거기는 아무 힘이 없는 개념만 있고 하였습니다.

저의 마음은 차차 무거워지기 시작하였습니다. 그리고 큰 기대를 가지고 계신 선생님께도 미안하기가 짝이 없었습니다.

"음악은 공예품과 달라서 마음대로 만들고 싶은 때에 되는 것이 아니니, 마음놓고 천천히 감흥이 생긴 때에……."

이러한 선생님의 위로의 말씀이 듣기가 제 살을 깎아내는 듯하였습니다. 그러나 제 마음상은, 이제는 제게서 다시 힘 있는 음악이 나올 기회가 없는 것같이만 생각되었습니다.

이러는 동안에 무위의 몇 달이 지났습니다.

어떤 날 밤중, 가슴이 너무 무겁고 가슴속에 무엇이 가득찬 것같이 거북하여서, 저는 산보를 나섰습니다. 무거운 머리와 무거운 가슴과 무거운 다리를 지향없이 옮기면서 돌아다니다가, 저는 어떤 곳에서 커다란 볏짚 낟가리를 발견하였습니다.

이때의 저의 심리를 어떻게 형용하면 좋을지 저는 모르겠습니다. 저는 무슨 무서운 적(敵)을 만난 것같이 긴장되고 흥분되었습니다. 저는 사면을 한번 살펴보고 그 낟가리에 달려가서 불을 그어서 놓았습니다. 그리고 갑자기 무서움증이 생겨서 돌아서서 달아나다가, 멀찌가니까지 달아나서 돌아보니까, 불길은 벌써 하늘을 찌를 듯이 일어났습니다. 왁왁, 꺄, 꺄, 사람들의 부르짖는 소리도 들렸습니다.

저는 다시 그곳까지 가서, 그 무서운 불길에 날아올라가는 볏짚

이며, 그 낟가리에 연달아 있는 집을 헐어내는 광경을 구경하다가, 문득 흥분되어서 집으로 돌아왔습니다.

그날 밤에 된 것이 〈성난 파도(波濤)〉였습니다.

그 뒤에 이 도회에서 일어난 알지 못할 몇 가지의 불은 모두 제가 질러놓은 것이었습니다. 그리고 불이 있던 날 밤마다 저는 한 가지의 음악을 얻었습니다. 며칠을 연하여 가슴이 몹시 무겁다가 그것이 마침내 식체와 같이 거북하고 답답하게 되는 때는, 저는 뜻없이 거리를 나갑니다. 그리고 그러한 날은 한 가지의 방화사건이 생겨나며, 그날 밤에는 한 곡의 음악이 생겨났습니다.

그러나 그것도 번수가 차차 많아갈 동안, 저의 그 불에 대한 흥분은 반비례로 줄어졌습니다. 온갖 것을 용서하지 않는 불꽃의 잔혹함도, 그다지 제 마음을 긴장시키지 못하였습니다.

"차차, 힘이 적어져가네."

선생님께서 제 음악을 보시고 이렇게 말씀하신 것이 그러한 때였습니다.

그러나, 저는 게서 더할 도리가 없었습니다. 하는 수 없이 저는 한동안 음악을 온전히 잊어버린 듯이 내버려두었습니다.

모씨가 성수의 마지막 편지를 여기까지 읽었을 때, K씨가 찾았다.

"재작년 봄에서 가을에 걸쳐서, 원인 모를 불이 많지 않았습니까. 그것이 죄 성수의 장난이었습니다그려."

"K씨는 그것을 온전히 모르셨습니까?"

"나요? 몰랐지요. 그런데 — 그 어떤 날 밤이구려. 성수는 기대에 반해서, 우리집으로 온 지 여러 달이 됐지만, 한번도 힘있는 것을 지어본 일이 없겠지요. 그래서 저 사람에게 무슨 흥분될 재료를 줄 수가 없나 하고 혼자 생각하며 있더랬는데, 그때에 저어편……."

K씨는 손을 들어 남편쪽 창을 가리켰다.

"저어편 꽤 멀리서, 불붙는 것이 눈에 뜨입디다그려. 그래 저것을 성수에게 보이면, 혹 그때의 감정(그때는, 나는 그 담배장수네 집에 불이 일어난 것도 성수의 장난인 줄은 생각 안했구려) — 그때의 감정을 부활시킬지도 모르겠다, 이렇게 생각하구 성수의 방으로 올라가려는데, 문득 성수의 방에서 피아노 소리가 울려나옵디다그려. 나는 올라가려던 발을 부지중 멈추고 말았지요. 역시 C# 단음계로서, 제일곡은 뽑아 먹고 '아다지오'에서 시작되는데, 고요하고 잔잔한 바다 수평선 위로 넘어가려는 저녁해, 이러한 온화한 것이 차차 '스케르초'로 들어가서는 소낙비, 풍랑, 번개질, 무서운 바람소리, 우뢰질, 전복되는 배, 곤해서 물에 떨어지는 갈매기, 한

번 뒤집어지면서는 해일(海溢)에 쓸려나가는 동네 사람의 부르짖음 — 흥분에서 흥분, 광포에서 광포, 야성에서 야성, 온갖 공포와 포학한 광경이 눈앞에 어릿거리는데, 이 늙은 내가 그만 흥분에 못 견디어, 뜻하지 않고 '그만두어 달라' 고 고함친 것만으로도 짐작하시겠지요. 그리고 올라가서 보니깐, 그는 탄주를 끝내버리고 피곤한 듯이 피아노에 기대고 앉아 있고, 이제 탄주한 것은 벌써 〈성난 파도(波濤)〉라는 제목 아래 음보로 되어 있습니다."

"그러면 성수는 불을 두 번 놓고, 두 음악을 낳았다는 말씀이지요?"

"그렇지요. 그러고, 그 뒤부터는 한 십여 일 건너서는 하나씩 지었는데, 그것이 지금 보면, 한 가지의 방화 사건이 생길 때마다 생겨난 것이었습니다. 그러나 그의 편지마따나, 얼마 지나서부터는 차차 그 힘과 야성이 적어지기 시작했지요. 그래서……."

"가만 계십쇼. 그 사람이 그 다음에도 〈피의 선율〉이나 그 밖에 유명한 곡조를 여러 개 만들지 않았습니까?"

"글쎄 말이외다. 거기 대한 설명은 그 편지를 또 보십쇼. — 여기서부터 또 보시면 알리다."

…… (중략) ××다리 아래로서 나오려는데, 무엇이 발길에 채는 것이 있었습니다. 성냥을 그어가지고 보니깐, 그것은 웬 늙은이의

송장이었습니다. 저는 그것이 무서워서 달아나려다가, 돌아서려던 발을 다시 돌이켰습니다. 그리고…….

선생님은 이제 제가 쓰는 일을 이해하여 주실는지요. 그것은 너무도 기괴한 일이라, 저로서도 믿기지 않는 일이었습니다. 그 송장을 타고 앉았습니다. 그리고 그 송장의 옷을 모두 찢어서 사면으로 내어던진 뒤에 그 발가벗은 송장을(제 힘이라 생각되지 않는) 무서운 힘으로써 처들어서, 저편으로 내어던졌습니다. 그런 뒤에는 마치 고양이가 알을 가지고 놀 듯, 다시 뛰어가서 그 송장을 들어서 도루 이편으로 던졌습니다. 이렇게 몇 번을 하여 머리가 깨지고, 배가 터지고, ─ 그 송장은 보기에도 참혹스러이 되었습니다. 그리하여 그 송장을 다시 만질 곳이 없이 된 뒤에 저는 그만 곤하여 그 자리에 앉아서 쉬려다가 갑자기 마음이 긴장되고 흥분되어서, 집으로 달려왔습니다. 그날 밤에 된 것이 〈피의 선율〉이었습니다.

"선생은 이러한 심리를 아시겠습니까?"

"글쎄요."

"아마, 모르실걸요. 그러나 예술가로서는 능히 머리를 끄덕일 수 있는 심리외다. ─ 그리고 또 여기를 읽어보십시오."

…… (중략) 그 여자가 죽었다는 것은 제게는 너무도 뜻밖이었습

니다.

저는, 그날 밤 혼자 몰래 그 여자의 무덤을 찾아갔습니다. 그리고 칠팔 시간 전에 묻어 놓은 그의 무덤의 흙을 다시 파서 그의 시체를 꺼내어 놓았습니다.

푸르른 달빛 아래 누워 있는 아름다운 그의 모양은 과연 선녀와 같았습니다. 가볍게 눈을 닫고 있는 창백한 얼굴, 곧은 콧날, 풀어 헤친 검은 머리, — 아무 표정도 없는 고요한 얼굴은 더욱 처연함을 도왔습니다. 이것을 정신이 없이 들여다보고 있다가, 저는 갑자기 흥분이 되어 — 아아 선생님, 저는 이 아래를 쓸 용기가 없습니다. 재판소의 조서를 보시면, 저절로 아실 것이올시다.

그날 밤에 된 것이 〈사령(死靈)〉이었습니다.

"어떻습니까?"

"……."

"네?"

"……."

"언어도단이에요? 선생의 눈으로는 그렇게 뵈시리다. 또 여기를 읽어보십쇼."

…… (중략) 이리하여 저는 마침내 사람을 죽인다 하는 경우에까

지 이르렀습니다.

그리고 한 사람이 죽을 때마다 한 개의 음악이 생겨났습니다. 그 뒤부터 제가 지은 그 모든 것은, 모두가 한 사람씩의 생명을 대표하는 것이었습니다.

(하략)

"이젠 더 보실 것이 없습니다. 그런데 그만큼 보셨으면 성수에 대한 대략한 일은 아셨을 터인데, 거기 대한 의견이 어떻습니까?"

"……."

"네?"

"어떤 의견 말씀이오니까?"

"어떤 '기회'라는 것이 어떤 사람에게서, 그 사람의 가지고 있는 천재와 함께, 범죄 본능까지 끌어내었다 하면, 우리는 그 '기회'를 저주해야겠습니까, 혹은 축복하여야겠습니까? 이 성수의 일로 말하자면 방화, 사체 모욕, 시간, 살인, 온갖 죄를 다 범했어요. 우리 예술가협회에서 별 수단을 다 써서 정부에 탄원하고 재판소에 탄원하고 해서, 겨우 성수를 정신병자라 하는 명목 아래 정신병원에 감금했지, 그렇지 않으면 당장에 사형이 아닙니까. 그런데 이제 그 편지를 보셔도 짐작하시겠지만, 통상시에는 그 사람은 아주 명민하고 점잖고 온화한 청년입니다. 그러나 때때로 그…… 뭐랄까, 그 흥분 때문에 눈이 아득하여져서 무서운 죄를 범하고, 그 죄를 범한 다음에는 훌륭한 예술을 하나씩 산출합니다. 이런 경우에 우리는 범죄를 밉게 보아야 합니까, 혹은 범죄 때문에 생겨난 예술을 보아서 죄를 용서하여야 합니까?"

"그거야, 죄를 범치 않고 예술을 만들어 냈으면 더 좋지 않습니까?"

"물론이지요. 그러나 성수 같은 사람도 있는 것이니깐, 이런 경우엔 어떻게 해결하렵니까?"

"죄를 벌해야지요. 죄악이 성하는 것을 그냥 볼 수는 없습니다."

K씨는 머리를 끄덕였다.

"그렇겠습니다. 그러나 우리 예술가의 견지로는 또 이렇게 볼 수도 있습니다. 베토벤 이후로는 음악이라 하는 것이 차차 힘이 빠져가서 꽃이나 계집이나 찬미할 줄 알고 연애나 칭송할 줄 알아서, 선이 굵은 것은 볼 수가 없이 되었습니다. 게다가 엄정한 작곡법이 있어서, 그것은 마치 수학의 방정식과 같이 작곡에 대한 온갖 자유스런 경지를 제한해 놓았으니깐, 이후에 생겨나는 음악은 새로운 길을 개척하기 전에는 한 기술이 될 것이지, 예술이 될 수는 없습니다. 예술가에게는 이것이 쓸쓸해요. 힘있는 예술, 선이 굵은 예술, 야성으로 충일된 예술, — 우리는 이것을 기다린 지 오랬습니다. 그럴 때에, 백성수가 나타났습니다. 사실 말이지 백성수의 그의 예술은, 그 하나하나가 모두 우리의 문화를 영구히 빛낼 보물입니다. 우리의 문화의 기념탑입니다. 방화? 살인? 변변치 않은 집개, 변변치 않은 사람개는, 그의 예술의 하나가 산출되는 데 희생하라면 결코 아깝지 않습니다. 천 년에 한 번, 만 년에 한 번 날지 못 날지 모르는 큰 천재를, 몇 개의 변변치 않은 범죄를 구실로 이 세상에서 없이하여 버린다 하는 것은 더 큰 죄악이 아닐까요. 적어도 우리 예술가에게는 그렇게 생각됩니다."

K씨는, 마주앉은 노인에게서 편지를 받아서 서랍에 집어넣었다. 새빨간 저녁해에 비치어서 그의 늙은 눈에는 눈물이 번득였다.

❋ 작품해설

　심리주의와 탐미주의 경향을 나타내고 있는 소설이다. 제목에서 알 수 있듯이 주인공이 추구한 음악의 세계는 광기(狂氣)라는 예술적 정열에 있다.

　광염이란 말 그대로 미친 듯이 타오르는 불꽃이란 뜻인데, 광폭성이라는 이중적 성격을 가진 백성수와 그의 음악 〈광염소나타〉는 그런 면에서 같은 성격을 지니고 있다. 주인공은 자신의 천성과 후천적인 환경과 도덕 속에서 갈등하면서 예술을 만들어내지만 스스로 자기가 지은 죄에 대해서 양심의 가책을 느낀다. 그러나 예능인에 대한 어느 정도의 광기는 인정하더라도 너무나 극단적인 것까지 인정하는 것은 잘못이다. 예술도 인간을 위해 만들어지는 것이므로 개인의 예술성을 위해 다른 인간에게 지나친 피해를 입혀서는 안 된다는 이야기이다.

아아, 죽음에 임하여 그의 고국과 동포가 생각난 것이었다. 여는 힘있게 감았던 눈을 고즈

너기 떴다. 그때에 '삵'의 눈도 번쩍 뜨이었다. 그는 손을 들려고 하였다. 그러나 이미 부

러진 그의 손은 들리지 않았다. 그는 머리를 돌이키려 하였다. 그러나 그런 힘이 없었다.

붉은 산

그것은 여(余)가 만주를 여행할 때 일이었다. 만주의 풍속도 좀 살필 겸 아직껏 문명의 세례를 받지 못한 그들의 사이에 퍼져 있는 병(病)을 조사할 겸해서 일 년의 기한을 예산하여 가지고 만주를 시시콜콜이 다 돌아온 적이 있었다. 그때에 ××촌이라 하는 조그만 촌에서 본 일을 여기에 적고자 한다.

××촌은 조선사람 소작인만 사는 한 이십여 호 되는 작은 촌이었다. 사면을 둘러보아도 한 개의 산도 볼 수가 없는 광막한 만주의 벌판 가운데 놓여 있는 이름도 없는 작은 촌이었다.

몽고사람 종자(從者)를 하나 데리고 노새를 타고 만주의 촌촌을 돌아다니던 여가 그 ××촌에 이른 때는 가을도 다 가고 어느덧 광포한 북극의 겨울이 만주를 찾아온 때였다.

만주의 어느 곳이나 조선사람이 없는 곳은 없지만 이러한 오지(奧地)에서 한동네가 죄 조선사람뿐으로 되어 있는 곳을 만나니 반가웠다. 더구나 그 동네는 비록 모두가 만주국인의 소작인이라 하나, 사람들이 비교적 온량하고 정직하여, 장성한 이들은 그래도 모두 천자문 한 권쯤은 읽은 사람이었다. 살풍경한 만주, 그 가운데서 살풍경한 살림을 하는 만주국인이며 조선사람의 동네를 근일 년이나 돌아다니다가 비교적 평화스런 이런 동네를 만나면, 그것이 비록 외국인의 동네라 하여도 반갑겠거늘, 하물며 우리 같은 동족임에랴. 여는 그 동네에서 한 십여 일 이상을 일없이 매일 호별 방문을 하며 그들과 이야기로 날을 보내며, 오래간만에 맛보는 평화적 기분을 향락하고 있었다.

'삵' 이라는 별명을 가지고 있는 '정익호' 라는 인물을 본 것이 여기서이다.

익호라는 인물의 고향이 어디인지는 ××촌에서 아무도 몰랐다. 사투리로 보아서 경기 사투리인 듯하지만 빠른 말로 재재거리는 때에는 영남 사투리가 보일 때도 있고, 싸움이라도 할 때는 서북 사투리가 보일 때도 있었다. 그런지라 사투리로써 그의 고향을 짐작할 수가 없었다. 쉬운 일본말도 알고, 한문글자도 좀 알고, 중국말은 물론 꽤 하고, 쉬운 러시아말도 할 줄 아는 점 등등, 이곳저

곳 숱하게 주워먹은 것은 짐작이 가지만 그의 경력을 똑똑히 아는 사람은 없었다.

그는 여(余)가 ××촌에 가기 일 년 전쯤 빈손으로 이웃이라도 오듯 후덕덕 ××촌에 나타났다 한다. 생김생김으로 보아서 얼굴이 쥐와 같고 날카로운 이빨이 있으며 눈에는 교활함과 독한 기운이 늘 나타나 있으며, 발록한 코에는 코털이 밖으로까지 보이도록 길게 났고, 몸집은 작으나 민첩하게 되었고, 나이는 스물다섯에서 사십까지 임의로 볼 수 있으며, 그 몸이나 얼굴 생김이 어디로 보든 남에게 미움을 사고 근접치 못할 놈이라는 느낌을 갖게 한다.

그의 장기(長技)는 투전이 일쑤며, 싸움 잘하고, 트집 잘 잡고, 칼부림 잘하고, 색시에게 덤벼들기 잘하는 것이라 한다.

생김생김이 벌써 남에게 미움을 사게 되었고, 거기다 하는 행동조차 변변치 못한 일만이라, ××촌에서도 아무도 그를 대척하는 사람이 없었다. 사람들은 모두 그를 피하였다. 집이 없는 그였으나 뉘 집에 잠이라도 자러 가면 그 집 주인은 두말없이 다른 방으로 피하고 이부자리를 준비하여 주고 하였다. 그러면 그는 이튿날 해가 낮이 되도록 실컷 잔 뒤에 마치 제 집에서 일어나듯 느직이 일어나서 조반을 청하여 먹고는 한 마디의 사례도 없이 나가버린다.

그리고 만약 누구든 그의 이 청구에 응치 않으면 그는 그것을 트집으로 싸움을 시작하고, 싸움을 하면 반드시 칼부림을 하였다.

동네의 처녀들이며 젊은 여인들은 익호가 이 동네에 들어온 뒤부터는 마음 놓고 나다니지를 못하였다. 철없이 나갔다가 봉변을 당한 사람도 몇이 있었다.

　'삵—'

　이 별명은 누가 지었는지 모르지만 어느덧 ××촌에서는 익호를 익호라 부르지 않고 '삵'이라고 부르게 되었다.

　"삵이 뉘 집에서 묵었다?"

　"김 서방네 집에서."

　"다른 봉변은 없었다나?"

　"요행히 없었다네."

　그들은 아침에 깨면 서로 인사 대신으로 '삵'의 거취를 알아보곤 하였다.

　'삵'은 이 동네에 커다란 암종이었다. '삵' 때문에 아무리 농사에 사람이 부족한 때라도 젊고 튼튼한 몇 사람들은 동네의 젊은 부녀를 지키기 위하여 동네 안에 머물러 있지 않을 수가 없었다. '삵' 때문에 부녀와 아이들은 아무리 더운 여름 저녁에라도 길에 나서서 마음 놓고 바람을 쏘여보지를 못하였다. '삵' 때문에 동네에서는 닭의 가리며 돼지우리를 지키기 위하여 밤을 새지 않을 수가 없었다.

　동네의 노인이며 젊은이들은 몇 번을 모여서 '삵'을 이 동리에

서 내어쫓기를 의논하였다. 물론 합의는 되었다. 그러나 내어쫓는
데 선착할 사람은 없었다.

"첨지가 선착하면 뒤는 내 담당하마."

"뒤는 걱정 말고 형님 먼저 말해보시오."

제각기 '삵'에게 먼저 달려들기를 피하였다.

이리하여 동리에서는 합의는 되었으나 '삵'은 그냥 태연히 이
동네에 묵어 있게 되었다.

"며늘년들이 조반이나 지었나?"

"손주놈들이 잠자리나 준비했나?"

마치 그 동네의 모두가 자기의 집안인 것같이 '삵'은 마음대로
이 집 저 집을 드나들었다.

××촌에서는 사람이라도 죽으면 반드시 조상 대신으로,

"삵이나 죽지 않고."

하는 한 마디의 말을 잊지 않고 하였다. 누가 병이라도 나면,

"에익! 이 놈의 병 '삵' 한테로 가거라."

고 하였다.

암종 ─ 누구나 '삵'을 동정하거나 사랑하는 사람이 없었다.

'삵'도 남의 동정이나 사랑은 벌써 단념한 사람이었다. 누가 자
기에게 아무런 대접을 하든 탓하지 않았다. 보이는 데서 보이는
푸대접을 하면 그 트집으로 반드시 칼부림까지 하는 그였지만, 뒤

에서는 아무런 말을 할지라도 ─ 그리고 그것이 '삵'의 귀에까지 갈지라도 탓하지 않았다.

"흥······."

이 한 마디는 그의 가장 큰 처세철학이었다.

흔히 곁동네 만주국인들의 투전판에 가서 투전을 하였다. 때때로 두들겨 맞고 피투성이가 되어서 돌아오는 일도 있었다. 그러나 그는 그 하소연을 하는 일이 없었다. 한다 할지라도 들을 사람도 없거니와 ─ 아무리 무섭게 두들겨 맞은 뒤라도 하루만 샘물에 상처를 씻고 절룩절룩한 뒤에는 또 이튿날은 천연히 나다녔다.

여(余)가 ××촌을 떠나기 전날이었다.

송 첨지라는 노인이 그 해 소출을 나귀에 실어가지고 만주국인 지주가 있는 촌으로 갔다. 그러나 돌아올 때는 송장이 되었다. 소출이 좋지 못하다고 두들겨 맞아서 부러져 꺾어진 송 첨지는 나귀 등에 몸이 결박되어서 겨우 ××촌에 돌아왔다. 그리고 놀란 친척들이 나귀에서 몸을 내릴 때에 절명하였다.

××촌에서는 와자하였다.

"원수를 갚자!"

명 아닌 목숨을 끊은 송 첨지를 위하여 동네 젊은이는 모두 흥분하였다. 제각기 이제라도 들고 일어설 듯하였다.

그러나 그뿐이었다. 누구든 앞장을 서려는 사람이 없었다. 만약 이때에 누구든 앞장을 서는 사람만 있었더면 그들은 곧 그 지주에 게로 달려갔을지 모른다. 그러나 제가 앞장을 서겠노라고 나서는 사람은 없었다. 제각기 곁사람을 돌아보았다.

발을 굴렀다. 부르짖었다. 학대받는 인종의 고통을 호소하며 울었다. 그러나 — 그뿐이었다. 남의 일로 지주에게 반항하여 제 밥자리까지 떼이기를 꺼림인지, 용감히 앞서 나가는 사람은 없었다.

여는 의사라는 여의 직업상 송 첨지의 시체를 검시하였다. 돌아오는 길에 여는 '삶'을 만났다. 키가 작은 '삶'을 여는 내려다보았다. '삶'은 여를 쳐다보았다.

"가련한 인생아. 인종의 거머리야, 가치 없는 인생아. 밥버러지야. 기생충아!"

여는 '삶'에게 말하였다.

"송 첨지가 죽은 줄 아나?"

여의 말에 아직껏 여를 쳐다보고 있던 '삶'의 얼굴이 아래로 떨어졌다. 그리고 여가 발을 떼려는 순간에 얼핏 '삶'의 얼굴에 나타난 비장한 표정을 여는 넘길 수가 없었다.

고향을 떠난 만 리 밖에서 학대받는 인종의 가엾음을 생각하고 그 밤은 여도 잠을 못 이루었다.

그 억분함을 호소할 곳도 못 가진 우리의 처지를 생각하고, 여는 눈물을 금치 못하였다.

이튿날 아침이었다.

여를 깨우러 오는 사람의 소리에 여는 반사적으로 일어났다.

'삵'이 동구(洞口) 밖에서 피투성이가 되어 죽어 있다는 것이었다. 여는 '삵'이라는 말에 눈살을 찌푸렸다. 그러나 의사라는 직업상, 곧 가방을 수습하여 가지고 '삵'이 넘어진 데까지 달려갔다. 송 첨지의 장례식 때문에 모였던 사람 몇은 여의 뒤를 따라왔다.

여는 보았다. '삵'의 허리가 기역자로 뒤로 부러져서 밭고랑 위에 넘어져 있는 것을. 여는 달려가 보았다. 아직 약간의 온기는 있었다.

"익호! 익호!"

그러나 그는 정신을 못 차렸다. 여는 응급수단을 취하였다. 그의 사지는 무섭게 경련되었다. 이윽고 그가 눈을 번쩍 떴다.

"익호! 정신 드나?"

그는 여의 얼굴을 보았다. 끝이 없이 한참을 쳐다보았다. 그의 눈동자가 움직이었다.

겨우 처지를 깨달은 모양이었다.

"선생님, 저는 갔었습니다."

"어디를?"

"그놈 — 지주놈의 집에 —."

무얼? 여는 눈물 나오려는 눈을 힘있게 닫았다. 그리고 덥석 그의 벌써 식어가는 손을 잡았다. 잠시의 침묵이 계속되었다. 그의 사지에서는 무서운 경련이 끊임없이 일었다. 그것은 죽음의 경련이었다. 듣기 힘든 작은 그의 소리가 또 그의 입에서 나왔다.

"선생님."

"왜?"

"보구 싶어요. 전 보구 시……."

"뭐이?"

그는 입을 움직였다. 그러나 말이 안 나왔다. 가운이 부족한 모양이었다. 잠시 뒤에 그는 또다시 입을 움직였다. 무슨 소리가 그의 입에서 나왔다.

"무얼?"

"보구 싶어요. 붉은 산이 — 그리고 흰 옷이!"

아아, 죽음에 임하여 그의 고국과 동포가 생각난 것이었다. 여는 힘있게 감았던 눈을 고즈너기 떴다. 그때에 '삵'의 눈도 번쩍 뜨이었다. 그는 손을 들려고 하였다. 그러나 이미 부러진 그의 손은 들리지 않았다. 그는 머리를 돌이키려 하였다. 그러나 그런 힘이 없었다.

그는 마지막 힘을 혀 끝에 모아가지고 입을 열었다…….

"선생님!"

"왜?"

"저것 ― 저것 ―."

"무얼?"

"저기 붉은 산이 ― 그리고 흰 옷이 ― 선생님 저게 뭐예요?"

여는 돌아보았다. 그러나 거기는 황막한 만주의 벌판이 전개되어 있을 뿐이었다.

"선생님 노래를 불러주세요. 마지막 소원 ― 노래를 해주세요. 동해물과 백두산이 마르고 닳도록 ―."

여는 머리를 끄덕이고 눈을 감았다. 그리고 입을 열었다. 여의 입에서는 창가가 흘러나왔다.

여는 고즈너기 불렀다 ―.

"동해물과 백두산이……."

고즈너기 부르는 여의 창가 소리에 뒤에 둘러섰던 다른 사람의 입에서도 숭엄한 코러스는 울리어 나왔다 ―.

> 무궁화 삼천리
> 화려 강산 ―

광막한 겨울의 만주벌 한편 구석에서는 밥버러지 익호의 죽음을 조상하는 숭엄한 노래가 차차 크게 엄숙하게 울리었다. 그 가운데 익호의 몸은 점점 식어갔다.

✱ 작품해설

1930년대 일제 강점기 때 만주로 이주해 간 우리 동포들의 애환과 민족주의적 의식을 그린 작품이다. 특이한 것은 어떤 의사의 목격담을 수기 형식으로 표현했는데 이 방법은 작품의 사실성 확보에 매우 효과적으로 보인다.

소설 속에서 '여'는 의사 신분으로 정익호(삵)의 기이한 행동을 추적하여 그의 행동 이면에 깃든 민족정신을 밝혀내면서 역사의식을 내세우고 있다.

'삵'은 고국을 떠나 유랑하는 우리 민족을 상징하며 송 첨지의 죽음은 만주에 흘러 들어가 사는 우리 동포의 비극을 상징한다. '붉은 산'은 '흰 옷'과 함께 조국애, 또는 조국 산하와 민족에 대한 향수를 상징하며 정신적 배경이기도 하다.

약한 자의 슬픔! (그는 생각난 듯이 중얼거렸다.) 전의 나의 설움은 내가 약한 자인 고로 생긴 것밖에는 더 없었다. 나쁜 아니라 이 누리의 설움, 아니 설움뿐 아니라 모든 불만족, 불평 들이 모두 어디서 나왔는가? 약한 데서! 세상이 나쁜 것도 아니다! 인류가 나쁜 것도 아니다! 우리가 다만 약한 연고인밖에 또 무엇이 있으리요.

약한 자의 슬픔

1

가정교사 강 엘리자베드는 가르침을 끝낸 다음에 자기 방으로 돌아왔다. 돌아오기는 하였지만 이제껏 쾌활한 아이들과 마주 유쾌히 지낸 그는 찜찜하고 갑갑한 자기 방에 돌아와서는 무한한 적막을 깨달았다.

'오늘은 왜 이리 갑갑한고? 마음이 왜 이리 두근거리는고? 마치 이 세상에 나 혼자 남아 있는 것 같군. 어찌할꼬. 어디 갈까. 말까, 아. 혜숙이한테나 가보자. 이즈음 며칠 가보지도 못하였는데.'

그의 머리에 이 생각이 나자, 그는 갑자기 갑갑하던 것이 더 심하여지고 아무래도 혜숙이한테 가보여야 될 것같이 생각된다.

"아무래도 가보여야겠다."

그는 중얼거리고 외출의를 갈아입었다.

'갈까? 그만둘까?'

그는 생각이 정키 전에 문 밖에 나섰다. 여학생간에 유행하는 보법(步法)으로 팔과 궁둥이를 전후좌우로 저으면서 엘리자베드는 길로 나섰다.

그는 파라솔을 받은 후에 손수건을 코에 대어서 쏘는 듯한 콜타르 내음새를 막으면서 N통, K정 등을 지나서 혜숙의 집에 이르렀다.

그리 부자라 할 수는 없지마는, 그래도 경성 중류민의 열에는 드는 혜숙의 집은 굉대(宏大)하지는 못하지만 쏠쏠하고 정하기는 하였다.

그 집의 방의 배치를 익히 아는 엘리자베드는 들어서면서 파라솔을 접어서 마루 한편 끝에 놓은 후에,

"너무 갑갑해서 놀러 왔다 애."

하면서 혜숙의 방으로 뛰어들어갔다. 그는 들어서면서, 혜숙이가 동모(同某) S와 무슨 이야기를 열심으로 하다가 자기 온 것을 알고 뚝 그치는 것을 알았다.

'S는 원, 무엇 하러 왔노.'

그는 이유 없는 질투가 마음에서 끓어 나오는 것을 깨달았다.

'흥, 혜숙이는 S로 인하여 나한테 놀러도 안 오는구만. 너희끼

리만 잘들 놀아라.'

혜숙이가 한 번도 자기께 놀러 와 본 때가 없으되 엘리자베드는 이렇게 생각하였다.

"아, 엘리자베드 왔니. 우린 이제껏 네 이야기 하댔지. 그새 왜 안 왔니?"

혜숙이와 S는 동시에 일어나면서, 혜숙이는 엘리자베드의 왼손, S는 바른손을 잡고 주좌(主座)에 끌어다 앉히었다.

— 엘리자베드는 아직 십구 세의 소녀이지만 재주와 용자(容姿)로 모든 동창들에게 존경과 일종의 시기를 받고 있었다. 그는 재주로 인하여 아직 통학중이지만 K남작의 집에 유(留)하면서 오후에는 그 집 아이들에게 학과의 복습을 시키고 있었다.

"내 이야기라니 무슨? 내 숭들만 실컷 보고 있었니?"

엘리자베드는, 앉히는 자리에 앉으면서 억지로 성난 것을 감추고 농담 비슷하니 물었다.

혜숙과 S는 의논하였던 것같이 잠깐 서로 낯을 향하였다가 웃음을 억지로 참느라 입을 비죽하니 하고 머리를 돌이켰다.

"내 이야기라니 무슨?"

"네 이야기라니. 저 — 그만두자."

혜숙이가 감춰 두자 엘리자베드는 더 듣고 싶었다. 그는 차차 노기를 외면에 나타내게 되었다.

"내 이야기라니 무엇이야 애? 안 가르쳐 주면 난 가겠다."

"네 이야기라니. 저 —"

혜숙이는 아까와 같은 말을 한 후에 S와 또 한번 마주 향하여 보았다.

"그럼 난 간다."

하고 엘리자베드는 일어서려 하였다.

"애, 가르쳐 줄라. 참말은 네 이야기가 아니고 저 — 이환(利煥)씨 이야기."

말이 끝난 뒤에 혜숙이는 또 한번 S와 낯을 향하였다.

혜숙의 말을 들은 엘리자베드는 노기와 부끄러움과 모욕을 당했다는 감을 함께 머금고 낯을 붉히고 머리를 숙였다.

— 엘리자베드가 매일 통학할 때에 N통 꺾어진 길에서 H의숙(義塾) 제모를 쓴 어떤 청년과 만나게 되었다. 만나기 시작한 지 닷새에 좀 정답게 생각되고, 열흘에 그를 만나지 못하면 섭섭하게 생각되고, 이십 일에 연애라 하는 것을 자각하고, 일 삭 만에 그 청년의 이름을 탐지하였다. '그도 나를 생각하겠지' 하는 생각과 '웬걸, 내게는 주의도 안 하더라' 하는 생각이 그 후부터는 항상 그의 마음속에서 쟁투하고 있었다. 연애를 하는 사람은 아무도 그렇거니와 엘리자베드도 연애 — 짝사랑(片戀)이던 — 를 안 후부터는 벗들과 함께 있을 때는 아뭏지도 않지만, 혼자 있을 때는 염세

의 생각과 희열의 생각이 함께 마음속에서 발하여 공연히 심장을 뛰놀리며 일어섰다, 앉았다, 밖에 나갔다, 들어왔다, 일도 없는데 이환이와 만나게 되는 길에 가보았다, 이와 같이 날을 보내게 되었다. 그러다가 아무에게도 통사정할 사람이 없는 엘리자베드는 혜숙에게 이 말을 다 고백하였다.

이와 같은, 사람의 비밀을 혜숙이는 S에게 알게 하였다 할 때는 그는 성이 났다.

처녀가 학생에게 사랑을 한다 하는 것이 그에게는 부끄러웠다.

둘 — 혜숙과 S — 이서 내 숭을 실컷 보았겠거니 할 때에 그는 모욕을 당했다 생각하였다. 혜숙과 S가 서로 낯을 보고 웃을 때에 이 생각이 더 심하였다.

그리고 이와 같은 비밀을 혜숙에게 고백하였다 할 때에, 엘리자베드는 자기에게 대하여서도 성을 안 낼 수가 없었다.

'어껀 자기를 믿고 통사정을 하였더니 이런 말을 광고같이 떠들 춘단 말인가. 이 세상에 믿을 만한 사람이 누구인고? 아, 부모가 살아 계시면……'

살아 있을 때는, 자기를 압박하는 것으로 유일의 오락을 삼던 부모를 빨리 죽기를 기다리던 그도, 부모에게 대하여, 지금은 유일의 믿을 만한 사람이고 유일의 의뢰할 만한 사람이라는 생각이 났다. 그리고 혜숙에게 대하여서는 무한한 증오의 염이 난다.

그러면서도, 그는 한 바람을 품고 있었다. 이것 — 이환과 자기의 새 — 이것이 이제 화제가 되는 것을 그는 무서워하고 피하려 하면서도 그것이 화제가 되기를 열심으로 바라고 있다. 좀더 상세히 알고 싶었다.

자기 말을 듣고 엘리자베드가 성을 낸 것을 빨리 알아챈 혜숙이는, 화제를 바꾸려고 학과 이야기를 시작하였다.

"너 기하 숙제 해보았니? 난 암만해두 모르겠구나."

'아차!'

엘리자베드는 속으로 고함을 쳤다. 그의 희망은 끊어졌다.

'내가 성을 낸 것을 알고 혜숙이는 이렇게 돌려다 대누나.'

하면서도 성을 억지로 감추고 낯에 화기를 나타내고 대답하였다.

"기하? 해보지는 않았어도 해보면 되겠지."

"그럼 좀 가르쳐 주렴."

기하책을 갖다 놓고 셋은 둘러앉아서 기하를 토론하기 시작하였다. 한 이십 분 동안 기하를 푸는 새에 엘리자베드의 머리에는 혜숙과 S의 우교(友交)에 대한 시기도 없어지고, 혜숙에게 대한 증오도 없어지고, 동창생에 대한 애정과 동성에 대한 친밀한 생각만 나게 되었다.

복습을 필한 후에 셋은 잠깐 무언으로 있었다. 그 동안 혜숙은 무슨 말을 할 듯 할 듯하면서도 다만 빙긋 웃기만 하고 말은 못 발하고 있었다.

'무슨 말이든 빨리 하렴.'

엘리자베드는 또 갑자기 희망을 품고 심장을 뛰놀리면서 속으로 명령하였다.

엘리자베드가 듣고 싶어하는 것을 보고 혜숙이는 안심한 듯이 말을 시작한다.

"애 — 애 —"

이 말만 하고 좀 말하기가 별(別)한 듯이 잠깐 말을 멈추었다가 또 시작한다.

"이환 씨느으으은 S의 외사촌 오빠란다."

이 말을 들은 엘리자베드는 갑자기 마음이 무거워지는 것을 깨달았다. 그 가운데는 부끄러움도 섞여 있었다. 갑자기 이환이와 직접 대면한 것같이 형용할 수 없는 별한 부끄러움이 엘리자베드의 마음을 지나갔다. 그러면서도 그는 좀더 똑똑히 알려고,

"거짓말!"

하고 혜숙이를 쳐다보았다.

"거짓말은 왜 거짓말이야. S한테 물어보렴. 이 애 S야, 그렇지?"

엘리자베드는 머리를 S편으로 돌려서 S의 대답을 기다렸다. 이환이가 S의 외사촌이라는 것은 팔구분은 믿으면서도······.

S는 다만 웃고 있었다.

'모욕당했다. 집으로 가고 말아야지.'

엘리자베드는 이렇게 속으로 고함을 치고도 일어나지는 않았다. 그는 S에게서 이환의 소식을 듣고 싶었다. 그리고 '오빠도 너를 사랑한다더라' 란 말까지 듣고 싶었다.

"응, 그렇지 애?"

하는 혜숙의 소리에 S는 그렇단 대답만 하였다. 그리고 의미 있는 듯한 웃음을 머금고 엘리자베드를 들여다보았다.

'S의 웃음. 의미 있는 듯한 웃음. 무슨 웃음일꼬? 거짓말? 이환 씨가 S의 오빠라는 것이 거짓말이 아닐까? 아니! 그것은 참말이다. 그러면 무슨 웃음일꼬? 이환 씨는 나 같은 것은 알아도 안 보나? 아! 무엇? 아니다. 그도 나를 사랑한다. 그리고 S에게 고백하였다. 아, 이환 씨는 날 사랑한다. 결혼! 행복!'

그는 자기께 이익한 데로만 생각을 끌어가다가 대담하게 되어서 머리를 들면서, 결심한 구조(口調)로 말을 걸었다.

"애, S야."

"엉?"

경멸하는 듯이 S는 대답하였다. 이 소리에, 엘리자베드의 용기가 대부분은 꺾어졌다.

"너⋯⋯."

그는 차마 그 뒤는 말을 발하지 못하여 우물우물하다가 예상도 안한 딴말을 묻고 말았다.

"기하 다 했니?"

"기하라니? 무슨?"

S는 대답 겸 물어보았다.

"내일 숙제."

"이 애 미쳤나 부다."

엘리자베드는 왜인지 가슴에서 똑 하는 소리를 들었다. S는 말을 연속하여 한다.

"이제 우리 하지 않았니?"

"응……? 참…… 다 했지……."

S는 '다 알았소이다' 하는 듯이 교활한 웃음을 머금고 엘리자베드의 그리스 조각을 연상시키는 뺨과 목의 윤곽을 들여다보았다.

'모욕을 당했다.'

엘리자베드는 또 이렇게 생각지 않을 수 없었다.

'집으로 가고 말아야지.'

이 생각을 할 때에 그는 아까 집에서 혜숙의 집에 가야겠다 생각할 때에, 참지 못하게 가고 싶던 그와 동 정도로 집으로 돌아가고 싶었다.

그는, 어쩔 수 없이 가고 싶은 고로,

"난 간다."

소리만 지르고, 동무들이 '왜 가니?' '더 놀다 가렴' 등 소리는 귓등으로도 듣지 않고 팔과 궁둥이를 저으면서 나섰다.

2

늦은 봄의 저녁빛은 따스하였다.

도회의 저녁은 더 번잡하였다.

시멘트 인도는 무수히 통행하는 사람의 발로 인하여 처르럭처르럭 때가닥때가닥 하는 소리를 시끄럽도록 내면서도 평안히 누워 있었다.

어떤 때는 사람의 위를 짧게 비추었다, 사람이 다 통과한 후에는 도로 길게 비추었다 하는, 자기와 함께 나아가는 자기 그림자를 들여다보면서 엘리자베드는 본능적으로 발을 움직였다.

'아! 잘못하였군. 그 애들은 내가 나선 다음에 웃었겠지. 잘못하였어? 그럼 어찌하여야 하노? S를 얼려야지. 얼려? 응. 얼린 후엔 들어야지. 무엇을. 무엇을? 그것을 말이지. 그것이라니? 아ー 그것이라니? 모르겠다. 사탄아 물러가거라. S가 이환 씨의 누이이고. S가 혜숙의 동무이고. 또 내 동무이고. 이환 씨는 동무의 오빠이고. 사람이 다니고. 전차. 아이고 무엇이 무엇인지 모르게 되었

다. 왜 웃는단 말인가? 왜? 우스우니깐 웃지. 무엇이 우스워. 참
무엇이 우스울까?'

그는 또 한번 웃었다. 그렇지만, 이 웃음은 기뻐서 웃는 것도 아
니고 즐거워서 웃는 것도 아니다. 다만 우스워서 웃는 것이다. 그
가 왜 우스운지 그 이유를 해석하려고, 혼돈된 머리로 생각하면
서, 발은 본능적으로 차차 집으로 가까이 옮겨 놓았다.

꾸부러진 길을 돌아설 때에, 그는 아직껏 보고 오던 자기 그림
자를 잃어버린 고로 잠깐 멈칫 섰다가, 또 한번 해석지 못한 웃음
을 웃고 다시 걷기 시작하였다.

그가 집에 들어설 때는, 다섯시 반 좀 지난 후 K남작은 방금 저
녁을 먹고 처와 아이들이 저녁을 먹을 때이다. 조선의 선각자로
자임하는 남작은, 내외의 절(節)과 안방 사랑의 별은 폐하였지만
남존여비의 생각은 아직껏 확실히 지켜 왔다.

엘리자베드는, 먹기 싫은 밥을 두어 술 먹은 후에 자기 방으로
돌아와서 아직 어둡지도 않았는데 전등을 켜고 책궤상 머리에 가
앉았다.

아무 작용도 아니 하는 눈을 공연히 멀거니 뜨고, 책상을 오르
간으로 삼고 다뉴브 곡을 뜯으면서, 그는 머리를 동작시키고 있었
다. 웃음. S. 이환. 결혼. 신혼여행. 노후의 안락. 또는 거기는 조금
도 상관없는 다른 공상이 속속이 그의 머리에 왕래하였다.

끝없이 나는 공상을 두 시간 동안이나 한 후에, 이제껏, 희미하니 아물아물 기어가는 것같이 보이던 벽의 흑점이 똑똑히 보이기 시작할 때에, 그는 자리를 펴고 자고 싶은 생각이 났다.

아까 저녁 먹을 때에 남작의,

"오늘밤에는 회(會)가 있는 고로 밤 두시쯤 돌아오겠다."

는 말을 들은 엘리자베드는, 별로 안심이 되어 자리를 펴고 전나체가 되어 드러누웠다.

몇 가지 공상이 또 머리에서 왕래하다가 그는 잠이 들었다.

한참 자다가 열한시쯤 자기를 흔드는 사람이 있는 고로 그는 눈을 번쩍 떴다. 전등 아래 의관을 한 남작이 그를 들여다보고 있었다. 엘리자베드는 갑자기 잠이 수천 리 밖에 퇴산(退散)하는 것을 깨달았다. 그는 남작의 자기를 들여다보는 눈으로 남작의 요구를 깨달았다. 하고 겨우 중얼거렸다.

"부인이 알으시면?"

'아차!'

그는 속으로 고함을 쳤다.

'부인이 모르면 어찌한단 말인가……? 모르면……? 이것이 허락의 의미가 아닐까? 그러면 너는 그것을 싫어하느냐? 물론 싫어하지. 무엇? 싫어해? 내 마음속에 허락하려는 생각이 조금도 없냐? 아…… 허락하면 어쩌냐? 그래도…….'

일순간에 그의 머리에 이와 같은 생각이 전광과 같이 지나갔다.

"조용히! 아까 두시에야 돌아오겠다고 하였으니깐 모르겠지요."

남작은 말했다.

이제야 엘리자베드는 아까 남작이 광고하듯이 지껄이던 소리를 해석하였다. 그리고 두 번째 거절을 하여 보았다.

"부인이 계시면서두……?"

'아차!'

그는 또 속으로 고함을 안 칠 수가 없었다.

'부인이 없으면 어찌한단 말인가……? 이것은 허락의 의미가 아닐까……?'

남작은 대답 없이 엘리자베드를 뚫어지게 들여다보고 있었다.

"왜 그리 보세요?"

그는 남작의 시선을 피하면서 별한 웃음 ― 애걸하는 웃음 ― 거러지의 웃음을 웃으면서 돌아누웠다.

'아차!'

그는 세 번째 고함을 속으로 발하였다.

'이것은 매춘부의 웃음, 매춘부의 행동이 아닐까……?'

몇 번 거절에 실패를 한 엘리자베드는 마지막에는 자기에게 대하여서도 정이 떨어지게 되었다. 그는 뉘게 대하여선지는 모르면서도 모르는 어떤 자에게 골이 나서 몸을 꼬면서 좀 날카롭게, 그래도 작은 소리로 말했다.

"싫어요, 싫어요."

남작은 역시 대답이 없었다.

엘리자베드는 갑자기 방안이 어두워지는 것을 알았다. 남작이 불을 끈 것이다. 그 후에는 남작의 의복 벗는 소리만 바삭바삭 났다. 엘리자베드는 정신이 아득하여지고 말았다. 정신이 아득하여진 엘리자베드는 한참 있다가 거기서 직수면 상태로 들어서 푹 잠이 들었다가 다섯시쯤 동편 하늘이 좀 자홍색을 띠어 올 때에 무엇에 놀란 것같이 움쭉 하면서 눈을 떴다.

회색 새벽빛을 꿰어서, 몽고메리 회사제 벽지가 눈에 드는 동시에 그의 머리에는 남작이 생각났다. 곁에 사람의 기척이 없는 고로 남작이 돌아갔을 줄은 확신하면서도, 만일 있다면 하는 의심이 나는 고로, 그는 가만가만 머리를 그편으로 돌렸다. 거기에 남작이 베느라고 갖다 놓았던 책이 서너 권 구겨 있었다.

'그럼 저편 쪽에 있지. 저편 쪽 벽에 꼭 붙어 서서 날 놀래려고 준비하고 있지.'

엘리자베드는 흥미 절반, 진정 절반으로 이런 생각을 하고 갑자기 남작이 숨기 전에 발견하려고 머리를 돌이켰다. 거기는 차차 흰빛으로 변하여 오는 새벽빛에 비친 벽지의 모양만 보였다.

'어느 틈에 또 다른 편으로 뛰었군!'

하면서 그는 남작을 잡느라고 이편 저편으로 머리를 휙휙 돌리다가,

'일어나야 순순히 나올 터인가 원.'

하면서 벌떡 일어나 앉아서 의복을 입기 시작하였다. 속곳 바지에서 버선까지 신는 동안에 그의 머리에는 남작을 잡으려는 생각은 없어지고 엊저녁 기억이 차차 부활키 시작하였다.

'내 속이 왜 그리 약하단 말인고? 정신이 아득하여질 이유가 어디 있어? 아무래도 그렇게 되겠으면 정신이나…… 아 — 지금 남작은 무엇 하고 있노?

그는 자기가 남작에 대하여서도 애정을 가지게 된 것을 깨달을 때에 차라리 놀랐다. 마음속에서는 또 적막의 덩어리가 뭉쳐 나왔다. 그는 무한 울고 싶었다. 그는 시계를 보았다. 아직 다섯시 십삼분이다.

'울 시간이 넉넉하지.'

이 생각을 할 때에 그는 참지 못하고 꼬꾸라져서 흑흑 느끼기 시작하였다.

'남작은 아내가 있는 사람이다. 아내가 있는 사람에게…… 내 전정(前程)은 어떠할까……'

울음이 끝나기까지 한참 운 그는 눈물이 자연히 멎은 후에 머리

를 들었다. 아침 햇빛은 눈이 시도록 방안을 들이쪼이고 있었다.

밝은 햇빛을 본 연고인지 실컷 운 연고인지, 엘리자베드는 오랫동안 벼르던 원수를 갚은 것같이 별로 속이 시원한 고로 일어서서 세수를 하러 갔다.

세수를 한 후에 그는 거기서 잠깐 주저치 않을 수가 없었다. 밥을 먹으러 가나, 안 가나? 밥은 먹어야겠고. 거기는 남작이 있겠고…….

그러다가 그는 필사적 용기를 내고 밥을 먹으러 갔다. 거기에 남작은 없었지만 그는 부인과 아이들에게도 할 수 있는 대로 낯을 안 보이게 하고 밥을 먹었다. 그런 후 자기 방에 와서 이부자리를 간지피고 책보를 싸 가지고 학교로 향하였다.

정문 밖에 나선 그는 또 한번 주저치 않을 수가 없었다. 이 길로 가나. 저 길로 가나? 이 길로 가면 이환이를 만나겠고, 저 길로 가면 대단히 멀고.

그의 마음속에는 쟁투가 일어났다. 자기에게 대하여 애정을 나타내지도 않는 이환의 앞을 복수 겸으로 유유히 지나갈 때의 자기의 상쾌를 그는 상상하여 보았다. 이환이는 그 일을 모르겠지만, 이렇게 하는 것이 엘리자베드에게는 한 쾌락 — 만약 엘리자베드에게 복수할 마음이 있다 하면 — 에 다를 바 없었다. 그렇지만 그는 이환이를 사랑하였다. 문자 그대로 '자기 몸과 동 정도로 그를 사랑' 하였다. 이러한 엘리자베드는 그런 참혹한 일을 행할 수가 없었다.

'이 길로 갈까, 저 길로 갈까?'

그는 생각이 정키 전에 어느덧 먼 길 — 안 만나게 되는 길 — 편으로 발을 옮겨 놓았다.

학교에서도 엘리자베드는 성가신 일일을 보내고 하학 후 곧 집으로 돌아왔다.

3

단조하고도 복잡한 엘리자베드의 생활은 여전히 연속하여 순환되고 있었다. 아침 깨어서는 학교에 가고, 하학 후에는 아이들과 마주 놀고, 자고—다만 전보다 변한 것은 평균 일 주 이 회의 남작의 방문을 받는 것이다.

대개는 엘리자베드가 예기한 날 남작이 왔다. 남작이 오리라 생각한 날은 엘리자베드는 열심으로 남작을 기다렸다. 그렇지만 그 방은 남작 부인의 방과 그리 멀지 않은 고로 남작이 와도 그리 말은 사귀지 못하였다. 엘리자베드는 그것으로 남작이 와 있을 동안은 너무 갑갑하여 빨리 돌아가기를 기다렸다. 그렇지만 일단 남작이 돌아가고 보면 엘리자베드는 남작이 좀더 있지 않은 것을 원망하고 무한한 적막을 깨달았다.

만약 엘리자베드가 예기한 날 남작이 오지를 않으면 그는 어찌할 줄 모르게 속이 타고 질투를 하였다. 그렇지만 이보다 더 큰 고통이 엘리자베드에게 있었다. 때때로 이환의 생각이 나는 것이다. 그런 때는,

'자기도 나를 생각지 않는데 내가 그러면 뭘 한가.'

'내가 자기와 약혼을 했댔나.'

등으로 자기를 위로하여 보았지만, 대개는 '변해(辯解)'를 '미안(未安)'이 쳐 이겼다. 그럴 때는 문자 그대로 '심장을 잘 들지 않는 칼로 베어 내는 것' 같았다. 그렇게 되면 그는 꼬꾸라져서 장시간의 울음으로 겨우 자기를 위로하곤 하였다.

그는 부인에게 대하여서도 미안을 감(感)하였다.

"남편을 가로앗았는데 왜 미안치를 않을까."

그는 때때로 중얼거렸다.

그러는 사이에도 학교에는 열심으로 상학(上學)하였다. 학교에도 무한한 혐오의 정과 수치의 염이 나지마는, 집에 있으면 더 큰 고통을 받는 그는 일종의 위안을 얻느라고 상학하였다.

그 동안 시절은 바뀌었다. 낮잠 잘 오고 맥이 나는 봄 시절은 비 많이 오는 첫여름으로 변하였다.

4

엘리자베드와 남작의 첫 관계가 있은 후 다섯 번 일요일이 찾아왔다.

오후 소아주일학교(小兒週日學校) 교사인 엘리자베드는 소아 교수와 예배를 필한 후에 아이들 틈을 꿰면서 예배당을 나섰다.

벌겋고 누런 장마때 저녁해는 절벅절벅하는 길을 내리쪼이고 있었다. 북편 하늘에는 비를 준비하는 검은 구름이 걸려 있었다.

엘리자베드가 예배당 정문을 나설 때에,

"너 이즈음 학교에 왜 다른 길로 다니니?"

하는 혜숙의 소리가 그의 뒤에서 났다.

엘리자베드는 돌아보지도 않고 속으로 다만,

'다른 길로 학교엘 다녀? 다른 길로 학교엘 다녀?'

하면서 집으로 향하였다. 남작 집 정문을 들어서려 하다가 그는 우뚝 섰다. 혜숙의 말이 이제야 겨우 해석되었다.

'응, 다른 길로 학교엘 다닌다니 내가 다른 길로 학교에를 다닌다는 뜻이로군.'

그는 별한 웃음을 웃고 자기 방으로 향하였다.

자기 방에 들어서서 책보를 내어 던지고 앉으려 하다가 그는 또한 번 꼿꼿이 섰다. 사지가 꼿꼿하여지는 것을 깨달았다. 십여 초 동안 이와 같이 꼿꼿이 섰던 그는 그 자리에 꼬꾸라졌다. 그의 가슴에서는 무슨 덩어리가 뭉쳐서 나오다가 목에서 잠깐 회전하다가 그 덩어리가 코와 입으로 폭발하곤 한다. 그럴 때마다 눈에서는 눈물이 푹푹 쏟아지고 가슴은 싹싹 베어내는 것같이 아팠다.

그에게는 두 달 동안 몸이 안 난 것이 생각이 났다. 잉태! 엘리자베드에게 대하여서는 이것이 '죽으라' 는 명령보다도 혹독한 것이다.

그는 잉태가 무섭지는 않았다. 그렇지만 그의 미래 — 희미하고 껌껌한 그의 '생' 가운데 다만 한 줄기의 반짝반짝하게 보이는 가는 광선 — 이러한 미래를 향하고 미끄러져서 나아가던 그는 잉태로 인하여 그 미래를 잃어버렸다. 그 미래는 없어졌다.

엘리자베드의 울음은 이것을 깨달은 때에 나오는 진정의 울음이다. 심장 복판 가운데서 나오는 참눈물이다. 이렇게 한참 운 그는 눈물주머니가 다 마른 후에 겨우 머리를 들고 전등을 켰다. 눈이 붉어지고 눈두덩이 부은 것을 스스로 깨달을 수가 있었다. 그는 자기 배를 내려다보았다. 그의 눈에는 보통보다 곱 이상이나 크게 보였다.

'첫 배는 그리 부르지 않는다는데. 게다가 달 반밖에는 안 되었는데.'

하고 그는 다시 보았다. 조금도 부르지를 않았다.

'그래도 안 부를 수가 있나?'

하고 그는 또다시 보았다. 보통보다 삼 곱이나 크게 보였다.

쾅쾅! 하는 아이의 발소리가 이럴 때에 엘리자베드의 방으로 가까이 온다. 엘리자베드는 빨리 어두운 편으로 향하였다. 문이 열리며 여덟 살 된 남작의 아들이 나타나서, 엘리자베드에게 저녁을 재촉하였다. 저녁을 먹으러 가기가 싫은 엘리자베드는 안 먹겠다고 대답할 수밖에는 없었다.

아이가 돌아간 뒤에 엘리자베드는 중얼거렸다.

'꼭 좋은 때 울음을 멈추었군. 좀더 울었더라면 망신할 뻔했다.'

조금 후에 부인은 친절하게 죽을 쑤어다가 그에게 주었다. 죽을 먹고 죽그릇을 돌려보낸 후에, 아까 울음으로 얼마 속이 시원하여지고 원기까지 좀 회복한 엘리자베드는 남작과 이환 두 사람을 비교하기 시작하였다. 그는 마음속에 두 사람을 그린 후에 어느 편이 자기에게 더 가깝고 더 사랑스러운고 생각하여 보았다. 사랑스럽기는 이환이가 더 사랑스럽지만, 가깝기는 아무래도 남작이 더 가까운 것같이 생각된다.

이와 같은 결단은 그의 구하는 바를 채우지를 못하였다. 그는 사랑스러운 편이 더 가깝고 가까운 편이 더 사랑스럽기를 원하였다. 그렇지만 사랑과 가까움은 평행으로 나가서 아무 데까지 가도 합하지를 않았다. 그는 평행으로 나가는 사랑스러움과 가까움이 어디까지나 나가는가를 알려고, 마음속에 둘을 그려 놓고 그 둘을 차차 연장시키면서 눈알을 굴려서 그것들을 따라가기 시작하였다.

둘은 종시 합하지 않았다. 끝까지 평행으로 나갔다. 사랑스러움과 가까움은 끝까지 분립(分立)하여 있었다.

여기 실패한 엘리자베드는 다시 다른 생각으로 그것을 보충하리라 생각하였다.

사랑스러운 편이 자기에게 더 정다울까, 가까운 편이 더 정다울까? 그는 생각하여 보았다. 어떻든 둘 가운데 하나는 정다워야만 된다고 그는 조건을 붙였다. 그렇지만 엘리자베드는 여기서도 만족한 결론을 얻지 못하였다.

아까 생각과 이번 생각이 혼돈되어 나온 결론은 다른 것이 아니다.

'사랑스러운 편이 물론 자기께 더 가깝다'는 것이다.

'그렇게 되면 정다운 편은 어느 편인고?'

그는 생각하여 보았지만 머리가 어지러운 것이 완전한 해결을 얻지 못하게 되었다.

엘리자베드는 속이 답답하여졌다.

자기에게는 '사랑스러움'과 '가까움'이 온전히 분립하여 있는 것을 안 엘리자베드는 어느 편이 자기께 더 정다울지를 알지 못하게 되었다. 둘이 동 정도로 정답다 하는 것은 엘리자베드 자기가 생각하여 보아도 있지 못할 일이다. 남작과 이환 사이에는 어떤 차이가 있었다.

두 번째 생각도 실패로 돌아갔다.

두 번이나 실패를 한 엘리자베드는 이번은 직접 당인(當人)으로 어느 편이 자기께 더 정답게 생각되는가 자문하여 보았다. 이환이가 더 정답다 생각할 때에도 마음에 얼마의 가책이 있고, 그러니 남작이 더 정답다 생각할 때에는 더 큰 아픔이 마음에서 일어난다. 그는 억지로 생각의 끝을 또 다른 데로 옮겼다.

엘리자베드는 맨 처음 생각을 다시 하여 보았다. 이번도, 사랑스러움은 이환의 편으로 갔다.

'이환이가 더 사랑스럽고, 사랑스러운 편이 자기께 더 가까우니까, 이환이가 자기께 물론 더 가깝다. 따라서 정다움도 이환의 편으로 간다.'

그는 억지로 이렇게 해결하였다.

이렇게 해결은 하였지만 또 한 의문이 있었다.

'그러면 가깝던 남작은 어찌 되는가.'

그는 생각하여 보았다. 맨 첫번과 같이 역시 남작은 자기께는 더 친밀하게 생각되었다. 그럼 이환이는……?

이환에게 대한 미안이 마음속에 떠올라오기 시작하였다. 그는 속이 타서 팔을 꼬면서 허리를 젖혔다. 그때에 벽에 걸린 캘린더가 그의 시선과 마주쳤다. 캘린더는 다른 사건을 엘리자베드의 머리에 생각나게 하였다. 이 절박한 새 사건은 이환의 생각을 머리에서 내어쫓기에 넉넉하였다. 오늘밤에는 남작이 오리라 하는 생각이다. 이 생각이 엘리자베드에게 잉태를 생각나게 하였다. 남작이 오면 모든 일 — 잉태와 거기 대한 처치 — 을 다 말하리라 엘리자베드는 생각하였다. 그리고 남작에게 할 말을 생각하기 시작하였다.

말은 짧지마는 이 말을 남작에게 하는 것은 엘리자베드에게 큰 부끄러움에 다름없었다. 그는 자기에게 부끄럽지 않고 남작이 알아들어야 된다는 조건 아래서 할 말을 복안하여 보았다. 한 번 지어서 검열한 후 교정을 가하고 두 번 하고 세 번 네 번 하여 보았지만 자기 뜻대로 되지를 않았다.

이렇게 한참 생각할 때에 문이 열리며 남작이 들어왔다. 엘리자베드의 복안은 남작을 보는 동시에 쪽쪽이 헤어지고 말았다. 그는 다만 남작에게 매어달려 통쾌히 울고 남작이 아프도록 한번 꼬집어 주고 싶었다. 남작의 '아이고!' 소리 '이 야단났구먼' 소리를 듣고 싶었다. 그는 이 생각을 억제하느라고 손으로 〈해변의 곡〉을 뜯기 시작하였다.

둘은 전과 같이 서로 마주 흘겨만 보고 있었다.

엘리자베드에게는 싸움이 일어났다.

'말할까 말까. 할까. 말까. 어찌할꼬.'

이러다가 갑자기 무의식히,

"선생님!"

하고 남작을 찾은 후에 자연히 머리가 수그러지는 것을 깨달았다. 남작은 찾았는데 그 뒷말을 어찌할꼬. 이것이 엘리자베드의 마음에 일어난 제일 큰 문제이다. '해변의 곡'을 뜯던 손도 어느 틈에 멎었다. 엘리자베드는 자기가 어디 있는지도 똑똑히 의식지 못하리만큼 마음이 뒤숭숭하였다. 낮도 후끈후끈 단다.

"네?"

남작은 대답하였다. 남작이 대답한 것을 엘리자베드는 속으로 원망하였다. 남작이 엘리자베드 자기가 부른 소리를 못 들었으면 좋겠다 하는 희망을 엘리자베드가 품는 동시에 남작은 엘리자베드의 부름에 대답을 한 것이다.

엘리자베드는 나가지도 못하고 물러서지도 못할 지경에 이르렀다. 자기가 부르고 남작이 대답을 하였으니 설명을 하여야겠고 그러니 그 말을 어찌하노? 그러다가 그는 갑자기 울기 시작하였다.

'이 울음에서 얼마의 효과가 나타나리라.'

엘리자베드는 울면서 생각하였다.

"왜 그러우?"

남작은 놀란 소리로 물었다.

"아 — 아! 어찌할까요?"

"무엇을?"

엘리자베드는 대답 대신으로 연속하여 울었다.

한참이나 혼자 울다가 그는 입술을 꽉 물었다. 아까 대답을 못한 자기를 책망하였다.

　남작이 '왜 그러는가' 물을 때가 대답하기는 절호의 기회인 것을, 그 기회를 비이게 지나 보낸 엘리자베드는 자기를 민하다 생각하지 않을 수가 없었다. 그리고 다시 그런 기회를 기다려 보았지만 남작은 아무 말 없이 가만히 있었다.

　'좀더 심히 울면 남작이 무슨 말을 하겠지'

　생각하고 엘리자베드는 좀더 빨리 어깨를 젓기 시작하였다.

　"아, 왜 그러오?"

　남작은 이것을 보고 물었다.

　엘리자베드는 대답을 또 못하였다.

　'무엇이라고 대답할꼬'

　생각하는 동안에 기회는 지나갔다. 이제는 대답을 못하겠고 아까는 대답을 못하였으니 다시 기회를 기다려 보자, 엘리자베드는 생각하고 기회를 다시 기다리기 시작하였다.

　'그러니 이번 물을 때에는 무엇이라 대답할까?'

　엘리자베드는 울면서 생각하여 보았다.

　이때에 남작의 세 번째 물음이 이르렀다.

　"아, 왜 그런단 말이오?"

　"잉태……."

대답을 한 후에 엘리자베드는 자기의 용기에도 크게 놀랐다. 이 말이 이렇게 쉽게 평탄하게 나올 것이면 아까는 왜 안 나왔는고 하는 생각이 엘리자베드의 머리에 지나갔다.

"잉태?"

남작은 놀란 목소리로 엘리자베드의 말을 다시 하였다. 제일 어려운 말―잉태란 말을 하여 넘기고 남작의 놀란 소리까지 들은 엘리자베드는 갑자기 용기가 몇 배 많아지는 것을 깨달았다. 그 뒷말은 술술 잘 나왔다.

"병원에 ― 가서 ― 떨쳤으면…… 어……."

남작은 대답이 없었다. 남작이 대답을 안하는 것을 본 엘리자베드는 마음속에 갑자기 한 무서움이 떠올라왔다. 난 모른다 하고 돌아서지나 않을 터인가? 이것이 엘리자베드에게는 제일 무서움에 다름없었다. 훌쩍훌쩍 소리가 더 빨리 나오기 시작하였다.

이것을 본 남작은 성가신 듯이 물었다.

"원 어찌하란 말이오? 그리 울면……."

"어떻게든…… 처치……."

엘리자베드는 겨우 중얼거렸다. 남작의 성낸 말을 들은 때는 엘리자베드의 용기는 다 도망하고 말았다.

"처치라니, 어떤?"

"글쎄…… 병원……."

"벼엉원……? 응……! 양반이 그런……."

엘리자베드는 '그러리라' 생각하였다.

'그래도 남작이라고 존경까지 받는 사람이 낙태일로 병원이라니.'

그는 갑자기 설움이 더 나왔다. 가는 소리를 내어 울기 시작하였다.

이것을 본 남작은 좀 불쌍하게 생각났던지 정답게 말하였다.

"우니 할 수 있소? 자, 어떻게 하잔 말이오?"

이 말을 들은 엘리자베드는 일변 기쁘고도 일변은 더 섧고 억지도 쓰고 싶었다. 그는 날카롭게 말했다.

"모르겠어요. 몰라요. 전 아무래도 상것이니깐."

"그러지 말구, 어쩌잔 말이오?"

"몰라요, 몰라요. 저 같은 것은 사람이 아니니깐."

"조용히! 저 방에서 듣겠소."

"들어두 몰라요."

엘리자베드는 소리를 내어 울기 시작하였다.

"에 — 익!"

하고 남작은 벌떡 일어섰다.

엘리자베드도 우덕덕 정신을 차리고 머리를 들었다. 그는 정신이 없어졌다. 자기 뇌를 누가 빼어 간 것같이 마음속이 텡텡 비게 되면서 퉁퉁거리며 걸어 나가는 남작의 뒷모양을 눈이 멀거니 보고 있었다.

남작이 나가고 문을 닫는 소리가 엘리자베드의 귀에 들어올 때에 그의 머리에는 한 생각이 번갯불과 같이 번쩍 지나갔다.

　한참이나 멀거니 그 생각을 하고 있다가 또 엎드리며 울기 시작하였다. 아까 실컷 운 그는 이번에는 눈물은 안 나왔지만, 가슴에서 배에서 머리에서 나오는 이 참울음은 눈물을 대신키에 넉넉하였다. 그는 아까 혜숙의 말의 의미와 나온 곳을 이제야 겨우 온전히 깨달았다.

　'내가 다른 길로 다니는 것을 혜숙이가 어찌 알까? 어찌 알까? 혜숙이는 이것을 알 수가 없다. 이환! 그가 알고 이것을 S에게 말하였다. S는 이것을 혜숙에게 말하였다. 혜숙은 이것을 내게 물었다. 그렇다! 이렇게밖에는 해석할 수가 없다. 물론 그렇지! 그러면 그도 내게 주의를 한 거지! 이 말을 S에게까지 한 것을 보면 그도 — 내게…… 그도 — 내게…… 그도…… 남작. 남작은 내 말을 듣고 도망하였지. 아니 도망시켰지. 아니 도망했지. 남작은…… 남작의…… 이환 씨, 전에 본 S의 웃음, 응! 그 전날 그는 S에게 고백하였다. 그것을 고것이, 고것들이. 고, 고, 고것들이…… 어찌 되나. 모두 어찌 되나. 나와 남작, 나와 이환 씨, 이환 씨와 S, S와 남작, S, 혜숙이, 남작과 이환 씨. 모두 어찌 되나?

　그의 차차 혼돈되어 가는 머리에도 한 가지 생각은 꼭 들어붙어서 떠나지를 않았다. 그는 이환이를 사랑하였다. 이환이도 그를 사랑하였다. (엘리자베드는 이것을 의심치 않게 되었다.) 그렇지만 그들에게는 서로 사랑을 고백할 만한 용기가 없었다. 그것으로 인하여 그들은 각각 자기 사랑은 짝사랑이라 생각하였다. 그것을 짝사랑이라 생각한 엘리자베드는 그렇게 쉽게 몸을 남작에게 허락하였다. 그리하여 그의 사랑 — 거반 성립되어 가던 그의 사랑 — 신성한 동애(童愛) — 귀한 첫사랑은 파괴되었다. 육(肉)으로 인하여 사랑은 파멸되었다. 사랑치 않던 사람으로 인하여 참애인을 잃었다. 엘리자베드의 울음에는 당연한 이유가 있었다.

'모, 모, 몸으로 인하여…… 참사랑……을…… 아 — 이환 씨…… S와 혜숙이. 고것들도 심하지. 우우 왜 당자에겐…… 그이…… 그 — 그 이야기를 안 해……. 남작이, 아— 잉태.'

일단 멎어 가던 그의 울음은 이 생각이 머리에 지나갈 때에 또다시 폭발하였다. 눈물도 조금씩 나기 시작하였다.

이와 같이 한참 운 그는 두 번째 울음이 멎어 갈 때에 맥이 나면서 그 자리에 엎딘 채로 잠이 들었다.

5

하루 종일 벼르기만 하고 올듯 올듯 하면서도 오지 않던 비가 이튿날 새벽부터는 종시 내리붓기 시작하였다.

서울 특유의 독으로 내리붓는 것 같은 비는 이삼 정(丁) 앞이 잘 보이지 않도록 좔좔 소리를 내며 쏟아진다.

서울 장안은 비로 덮였다. 비로 싸였다. 비로 찼다.

그 비 가운데서도 R학당에서는 모든 과목을 다 한 후에 오후 두 시에 하학하였다.

엘리자베드는 책보를 싸가지고 학교를 나섰다.

그가 혜숙의 곁을 지나갈 때에 혜숙이가 찾았다.

"엘리자베드야!"

"응?"

대답하고 엘리자베드는 마음이 뜨끔하였다.

'혜숙이는 모든 일을 다 알리라.'

그는 이와 같은 허황한 생각을 하였다.

"너, 이즈음 왜 우리 집에 안 오니?"

"분주하여서……."

엘리자베드는 거짓말을 하면서도 안심을 하였다.

'혜숙이는 모른다.'

"무엇이 분주해?"

혜숙이가 물었다.

"그저 이 일두 분주하구 저 일두 분주하구…… 분주 천지루다."

엘리자베드는 이와 같은 거짓 대답을 하면서도 그의 마음속에는 한 바람(希望)이 있었다. 그는 달반이나 못 간 혜숙의 집에 가보고 싶었다. 혜숙이가 억지로 오라면 마지못하여 가는 체하고 끄을려 가고 싶었다.

혜숙이는 엘리자베드의 바람을 이루어 주지를 않았다. 아무 말도 안 하였다.

엘리자베드는 혜숙의 주의를 끌려고 혼잣말 비슷이 중얼거렸다.

"너무 분주해서……."

"분주할 일은 없겠구만……."

혜숙이는 이 말만 하고 자기 갈 길로 향하였다.

엘리자베드는 혜숙의 행동을 원망하면서 마지못하여 집으로 향하였다.

엘리자베드의 자존심은 꺾어졌다. 혜숙이가 엘리자베드 자기를 꼭 혜숙의 집에 끌고 가야만 바른 일이라 생각한 엘리자베드의 머릿생각(豫想)은 헛데로 돌아갔다. 그렇지만 혜숙을 원망하는 것은 부끄러운 일이라고 엘리자베드는 생각하였다.

'내가 혜숙이를 위해서 낳나?'

엘리자베드는 이렇게 자기를 위로하여 보았지만, 부끄러운 일이든 무엇이든 원망은 원망대로 있었다. 이러다가……

'내가 혜숙으로 인하여 이 지경에 이르지 않았는가? 그것

을⋯⋯.'

할 때에 엘리자베드의 원망은 다른 의미로 바뀌었다. 그는 혜숙의 집에 못 간 것이 다행이라 생각하였다. 그러는 가운데도 가고 싶은 생각이 온전히 없어지지 않았다. 그의 마음속에서는 '가고 싶은 생각' 과 '갔다는 안 된다는 생각' 이 다투기 시작하였다. 본능적으로 길을 골라 짚으면서 비가 오는 편으로 우산을 대고 마음속의 싸움을 유지하여 가지고 집에까지 왔다. 그는 우산을 놓고 비를 떤 다음에 자기 방에 들어왔다.

멀끔히 치워 놓은 자기 방은 역시 전과 같이 엘리자베드에게 큰 적막을 주었다. 방이 이렇게 멀끔할 때마다 짐짓 여기저기 널어 놓던 엘리자베드도 오늘은 혜숙의 집에 갈까 말까 하는 번민으로 인하여 그렇게 할 생각도 없었다. 그는 책상머리에 가 앉았다.

책상 위에는 어떤 낯선 종이가 한 장 엘리자베드를 기다리고 있었다. 엘리자베드는 빨리 종이를 들었다. 가슴이 뛰놀기 시작한다⋯⋯.

'원 무엇인고⋯⋯?'

그는 종이를 들고 한참 주저하다가 눈을 종이 편으로 빨리 떨어쳤다.

'오후 세시 S병원으로.'

남작의 글씨로다, 엘리자베드는 생각하였다. 남작에 대한 애경

(愛敬)의 생각이 마음속에 떠올라오기 시작하였다. 이 글 한 줄은 엘리자베드로서 남작에 대한 원망과 혜숙의 집에 갈까 말까의 번민을 다 지워 버리기에 넉넉하였다.

'역시 도망시킨 것이로군.'

그는 어젯밤 일을 생각하고 속으로 중얼거렸다. 어젯밤에 남작에게 병원에 데려다 달라고 청하기는 하였지만 갑자기 남작 편에서 꺾여져서 오라 할 때에는 엘리자베드는 못 가겠다 생각하였다. 이 '부정'은 엘리자베드로서 무의식히 일어서서 병원으로 향하게 하였다. 그는 '못 가겠다 못 가겠다' 속으로 중얼거리면서 문 밖에 나서서 내리붓는 비를 겨우 우산으로 막으면서 아랫동이 모두 흙투성이가 되어서 전차 멎는 곳(停留場)까지 갔다. 그는 자기가 어디로 가는지 똑똑히 알지 못하였다. 꿈과 같이 걸었다.

엘리자베드는 멎는 곳에서 잠깐 기다려서 오는 전차를 곧 잡아 탔다. 비가 너무 와서 밖에 나가는 사람이 적었던지 전차 안은 비교적 승객이 없었다. 이 승객들은 엘리자베드가 올라탈 때에 일제히 머리를 새 나그네 편으로 향하였다. 엘리자베드는 빈자리를 찾아 앉아서 차 안을 둘러보았다. 그는 자기 편으로 향한 모든 눈에서 노파에게서는 미움, 젊은 여자에게서는 시기, 남자에게서는 애모를 보았다. 이 모든 눈은 엘리자베드에게 한 쾌감을 주었다. 그는 노파의 미워하는 것이 당연하다 생각하였다. 젊은 여자의 시기의 눈은 엘리자베드에게 이김의 상쾌를 주었다. 남자들의 애모의 눈이 자기를 볼 때에는 엘리자베드는 약한 전류가 염통을 지나가는 것같이 묘한 맛이 나는 것이 어쩌 하늘로라도 뛰어올라가고 싶었다. 그는 갑자기 배가 생각난 고로 할 수 있는 대로 배를 작게 보이려고 움츠러뜨렸다.

차장이 와서 엘리자베드에게 돈을 받은 후에 뚱 소리를 내고 도로 갔다.

남자들의 시선은 가끔 엘리자베드에게로 날아온다. 그들은 몰래 보느라고 곁눈질하는 것도 엘리자베드는 다 알고 있었다. 남자들이 자기를 볼 때마다 엘리자베드는 자기도 그 편을 보아 주고 싶었다. 그렇지만 종시 실행은 못하였다.

이럴 동안 전차는 S병원 앞에 멎었다. 엘리자베드는 섭섭한 생각을 품고 전차를 내렸다. 어떤 시선이 자기를 따라온다. 그는 헤아렸다. 비는 부스럭비로 변하였다.

수레에서 내린 그는 마음이 무거워지는 것을 깨달았다. 그는 집으로 돌아가고 싶었다. 병원에는 차마 못 들어갈 것같이 생각되었다. 집 편으로 가는 전차는 없는가 하고 그는 전차 선로를 쭉 보았다. 그의 보이는 범위 안에는 전차가 없었다. 할 수 없이 그는 병원으로 들어가서 기다리는 방(待合室)으로 갔다.

고디기(受付)한테 가서 주소 성명 연세 들을 기입시킨 후에 방을 한번 둘러다볼 때에 엘리자베드의 눈에는 한편 구석에 박혀 있는 남작이 보였다. 엘리자베드는 다른 곳에서 고향 사람이나 만난 것 같이 별로 정다워 보이는 고로 곧 남작의 곁으로 갔다. 그렇지만 둘은 역시 말은 사귀지 아니하였다. 엘리자베드는 눈이 멀거니 벽에 붙어 있는 파리 떼를 보고 있었다. 몇 사람의 순번이 지나간 뒤에 사환아이가 나와서,

"강 엘리자베드 씨요."

할 때에 엘리자베드는 우덕덕 일어섰다. 가슴이 뚝뚝 하는 소리를 내었다.

'어찌하노.'

그는 속으로 중얼거리면서 무의식히 사환아이를 따라서 진찰실로 들어갔다. 남작도 그 뒤를 따랐다.

석탄산과 알코올 내음새에 낯을 찡그리고 엘리자베드는 교자에 걸터앉았다.

의사는 무슨 약병을 장난하면서 머리를 숙인 채로 물었다.

"어디가 아프시오?"

엘리자베드는 대답을 못하였다. 제일 어찌 대답할지를 몰랐고, 설혹 대답할 말을 알았대도 대답할 용기가 없었고, 용기가 있다 하더라도 부끄러움이 '대답'을 허락지 않을 터이다.

"그런 것이 아니라—"

남작이 엘리자베드의 대신으로 대답하려다가 이 말만 하고 뚝 그쳤다.

　의사는 대답을 요구치 않는 듯이 약병을 놓고 청진기를 들었다. 엘리자베드는 갑자기 부끄러움도 의식지를 못하리만큼 머리가 어지러워지기 시작하였다. 그의 눈은 보지를 못하였다. 그의 귀는 듣지를 못하였다. 그의 설렁거리는 마음은 다만 '어찌할꼬 어찌할꼬' 하는, 엘리자베드 자기도 똑똑히 의미를 알지 못할 구(句)만 번갈아 하고 있었다.

　의사는 엘리자베드에게로 와서 저고리 자락을 열고 청진기를 거기 대었다. 의사의 손이 와 닿을 때에 엘리자베드는 무슨 벌레를 모르고 쥐었다가 갑자기 그것을 안 때와 같이 몸을 옴쭉하였다. 그러면서도 엘리자베드는 의사의 손에서 얼마의 온미(溫味)를 깨달았다. 이성의 손이 살에 와 닿는 것은 엘리자베드와 같은 여성에게 대하여서는 한 쾌락에 다름없었다. 엘리자베드가 이 쾌미를 재미있게 누리고 있을 때에 의사는 진찰을 끝내고 의미 있는 듯이 머리를 끄덕거리며 남작에게로 향하였다. 남작은 의사에게 눈짓을 하였다.

　어렴풋하게나마 이 두 사람의 짓을 본 엘리자베드는 이제껏 연속하고 있던 '어찌할꼬' 뒤로 무한 큰 부끄러움이 떠올라오는 것을 깨달았다. 그러는 가운데도 그는 희미하니 한 가지 일을 생각하였다.

'내가 대합실에 가서 기다리고 있으면 뒷일은 남작이 다 맡겠지.'

그는 일어서서 기다리는 방으로 나왔다. 그 방에 있던 모든 사람의 눈은 일제히 엘리자베드의 편으로 향하였다. 모두 내 일을 아누나 엘리자베드는 생각하였다. 아까 전차에서 자기께로 향한 눈 가운데서 얻은 그 쾌미는 구하려도 구할 수가 없었다. 이 모든 눈 가운데서 큰 고통과 부끄러움만 받은 그는 한편 구석에 구겨앉아서 치마 앞자락을 들여다보기 시작하였다. 거기는 불에 타진 조그마한 구멍 하나가 엘리자베드의 눈이 오기를 기다리고 있었다. 그는 이 구멍이 공연히 미워서 손으로 빡빡 비비다가 갑자기 별한 생각이 나는 고로 그것을 뚝 그쳤다.

'이 세상이 모두 나를 학대할 때에는 나는 이 구멍 안에 숨겠다.'

그는 생각하였다. 이럴 때에 그 구멍 안에는 어떤 그림자[幻影] 가 움직이기 시작하였다. 첫번에는 흐릿하던 것이 차차 똑똑히까지 보이게 되었다.

— 때는 사 년 전 '춘삼월 호시절', 곳은 우이동, 피고 우거지고 퍼진 꽃 사이를 벗들과 손목을 마주잡고 웃으며 즐기며 또는 작은 소리로 곡조를 맞추어서 노래를 부르며 희희낙락 다니던 자기 추억이 그림자로 변하여 그 구멍 속에 나타났다. 자기 일행이 그 구멍 범위 밖으로 나가려 할 때에는 활동사진과 같이 번쩍 한 후 일

행은 도로 중앙에 와 서곤 한다.

엘리자베드의 눈에는 눈물이 핑 돌았다.

그때의 엘리자베드와 지금의 엘리자베드 사이에는 해와 흙의 다름이 있다. 그때에는 순진한 처녀이고 열렬한 분홍빛 탄미자(歎美者)이던 그가 지금은……? 싫든지 좋든지 죽음의 갈흑색의 '삶' 안에서 생활치 않을 수 없는 그로 변하였다.

'때'도 달라졌다. 십 년 동안 평화로 지낸 지구는 오스트리아 황자(皇子)의 죽음으로 말미암아 러시아가 동원을 한다, 도이치가 싸움을 하련다, 잉글리시가 어떻다, 프랑스가 어떻다, 매일 이런 이야기가 신문에 가뜩가뜩 차게 되었다.

엘리자베드의 주위도 달라졌다. 그의 모든 벗은 다 쪽쪽이 헤어졌다. R은 동경서 미술공부를 한다. 또 다른 R은 하와이로 시집을 갔다. T는 여의가 되었다. 그 밖에 아직 공부하는 사람도 몇이 있기는 하지만은 대개는 주부와 교사가 되었다. 주부 된 벗 가운데는 벌써 두 아이의 어머니 된 사람까지 있다. 그들 가운데 한둘밖에는 지금은 엘리자베드를 만나도 서로 모른 체하고 말도 안 하고 심지어 슬슬 피하게까지 되었다.

그러는 가운데 혜숙이 — 그는 엘리자베드의 어렸을 때부터의 벗이다. 둘은 같은 소학에서 졸업하고 같이 R학당에 입학하였다가 엘리자베드가 부상(父喪)에 연속하여 모상(母喪)으로 일 년 학교를 쉬는 동안에 혜숙이도 연담(緣談)으로 일 년을 쉬게 되고, 엘리자베드가 도로 상학하게 될 때에 혜숙이도 파혼으로 학교에 다니게 되었다. 혜숙이는 엘리자베드에게는 유일의 벗이다. 불에 타진 구멍 속에 나타난 그림자 가운데서도 엘리자베드는 혜숙이와 제일 가까이 서서 걸었다.

추억의 눈물이 엘리자베드의 치마 앞자락에 한 방울 뚝 떨어졌다.

눈물로써 슬프고 섧고 원통하고도 사랑스럽고 즐겁고 회포 많은 그 그림자가 가리운 고로 엘리자베드는 눈물을 씻고 다시 그 구멍을 들여다보았다. 그 구멍에는, 참 예술적 활인화(活人畫), 정조(情調)로 찬 그림자는 없어지고 그 대신으로 갈포바지가 어렴풋이 보인다. 엘리자베드는 소름이 쭉 끼쳤다.

— 자기가 지금 어디를 무엇 하러 와 있는지 그는 생각났다.

엘리자베드는 머리를 들고 방을 둘러보았다. 어떤 목에 붕대를 한 남자와 어떤 아이를 업고 몸을 찌긋찌긋하던 여자가 자기를 보다가 자기 시선과 마주친 고로 머리를 빨리 돌리는 것밖에는 엘리자베드의 주의를 받은 자도 없고 엘리자베드에게 주의하는 사람도 없다. 그는 갑갑증이 일어났다. 너무 갑갑한 고로 자기 손금을 보기 시작하였다. 손금은 그리 좋지 못하였다. 자식금도 없고 명금도 짧고 부부금도 나쁘고 복(福)금 대신으로 궁(窮)금이 위로 빠져 있었다.

이 나쁜 손금도 엘리자베드의 마음을 괴롭게 하지 못하였다. 그의 심리는 복잡하였다. 텅텅 비었다. 그는 슬퍼하여야 할지 기뻐하여야 할지 알지 못하였다. 그 가운데는 울고 싶은 생각도 있고 웃고 싶은 생각도 있고 뛰놀고 싶은 생각도 있고 죽고 싶은 생각도 있었다. 이 복잡한 심리는 엘리자베드로서 아무 편으로도 치우치지 않게 마음이 텅텅 빈 것같이 되게 하였다.

— 이제 자기에게는 절대로 필요한 약이 생긴다 할 때에 그는 기쁘지 않을 수가 없었다.

— 자기의 경우를 생각할 때에 그는 슬퍼하지 않을 수가 없었다.

— 혜숙이와 S를 생각할 때에⋯⋯.

엘리자베드가 손금과 추억 및 머릿생각 들을 복잡히 하고 있을 때에 남작이 와서 그에게 약을 주고 빨리 병원을 나가고 말았다.

약을 받은 뒤에 엘리자베드는 마음이 두근거리기 시작하였다. 그는 약을 병째로 씹어 먹고 싶도록 애착의 생각이 나는 또 한편에는 약에게 이 위에 더없는 저주를 하고 태평양 복판 가운데 가라앉히고 싶었다. 그러는 가운데도 그에게는 집으로 돌아가고 싶은 생각이 났다. 그는 일어서서 몰래 가만히 기지개를 한 후에 허둥허둥 병원을 나서서 전차로 집에까지 왔다.

6

저녁 먹은 뒤에 처음으로 약을 마실 때에 엘리자베드에게는 한 바라는 바가 있었다. 그의 조급한 성격과 미래에 대한 희망이 낳은 바람은 다른 것이 아니다. 약의 효험이 즉각으로 나타났으면…… 하는 것이다. 이 바람은 벌써 차차 엘리자베드의 머리에 공상으로서 실현된다. 그는 생각하여 보았다.

이제 남작 부인이 죽는다. 그때에는 엘리자베드는 남작의 정실이 된다.

'조선 제일의 미인, 사교계의 꽃이 이 나로구나.'

엘리자베드는 눈을 번뜩거리며 생각한다.

── 이환이는 어떤 간사한 여성과 혼인한다. 이환의 아내는 이환의 재산을 모두 없이한 후에 마지막에는 자기까지 도망하고 만다. 그리고 이환이는 거러지가 된다. 어떤 날 엘리자베드 자기가 자동차를 타고 어디 갈 때에 어떤 거러지가 자동차에 치인다. 들고 보니 이환이다.

'그렇게 되면 어찌 되나.'

엘리자베드는 스스로 물어보고 깜짝 놀랐다. 자기의 사랑의 전부가 어느덧 남작에게로 옮겨 왔다.

그는 자기의 비열을 책망하는 동시에 아까 그런 공상에 대한 부끄러움과 증오 놀람 절망 들의 생각이 마음에 떠올랐다. 그 가운데도 가늘으나마 그에게는 희망이 있다. 앞에 때가 있다. 약의 효험은 얼마 후에야 나타난다더라, 엘리자베드는 생각하고 좔좔 오는 장맛비 소리에 귀를 귀울이고 자기 바람의 나타남을 기다리고 있었다. 그렇지만 바람은 종시 그 밤엔 나타나지를 않았다.

이튿날, 하기 시험 준비 날, 엘리자베드는 시험 준비도 안 하고 하루 종일 누워서 약의 효험을 기다리고 있었다. 약의 효험은 그날도 안 나타났다.

사흘째 되는 날도 효험은 없었다. 시험 보러 가지도 않았다.

이렇게 대엿새 지난 후에 엘리자베드는 자기 건강상의 변화를 발견하였다. 모든 복잡하고 성가신 일로 말미암아 음식도 잘 안 먹히고 잠도 잘 안 오던 그가 지금은 잠도 잘 오고 입맛도 나게 된 것을 깨달았다. 그때야 그는 그것이 낙태제(落胎劑)가 아니고 건강제인 것을 헤아려 깨달았다. 그렇지만 약은 없어지도록 다 먹었다.

마지막 번 약을 먹은 뒤에 전등을 켜고 엘리자베드는 생각하여 보았다. 병원 사건 이후로 남작은 한 번도 저를 찾아오지 않았다. 엘리자베드는 '그것이 당연한 일이라' 생각하였다. 그리 근심도 아니 났다. 시기도 아니 하였다. 다만 오지 않아야만 된다, 그는 생각하였다. 왜 오지 않아야만 되는가 자문할 때에 그에게 거기 응할 만한 대답은 없었다. 이 '오지 않는다'는 구(句)는 엘리자베드로서 자기가 근 두 달이나 혜숙의 집에 안 갔다는 것을 생각하게 하였다.

'이러다는 이환 씨 생각이 나겠다.'

이와 같은 생각이 나는 고로 그는 곧 생각의 끝을 다른 데로 옮겼다. 이와 같이 이 생각에서 저 생각, 또 다른 생각 왔다갔다 할 때 문이 열리며 남작 부인의 낯에는 '어찌할꼬' 하는 근심을 띠고 들어왔다.

"어찌 좀 나으세요?"

"네, 좀 나은 것 같아요."

대답하고 엘리자베드는 자기가 무슨 병이나 앓던 것같이 알고 있는 부인이 불쌍하게 생각났다.

부인은 말을 할듯 할듯 하면서 한참이나 우물거리다가,

"그런데요."

하고 첫말을 내었다.

"네."

엘리자베드는 본능적으로 대답하였다.

부인의 낯에는 '말할까 말까' 하는 표정이 똑똑히 나타나 있었다. 그러다가 입을 또 연다.

"아까 복손이(남작의 아들 이름) 어른이 들어와 말하는데요……."

엘리자베드는 마음이 뜨끔하였다. 부인은 말을 연속한다.

"선생님은 이즈음 학교에도 안 가시고 그 애들과도 놀지 못 하신다구요. 게다가 병까지 나셨다구, 얼마쯤 편안히 나가서 쉬시라고 자꾸 그러라는군요."

부인의 낯에는 말한 것 잘못하였다 하는 표정이 나타났다.

말을 다 들은 엘리자베드는 벌떡 일어섰다. 그는 무엇이 어찌되는지는 모르고 무의식히 자기 행리(行李)를 꺼내어 거기에 자기 책을 넣기 시작하였다. 그의 손은 본능적으로 움직였다.

엘리자베드의 행동을 물끄러미 보던 부인은 물었다.

"이 밤에 떠나시려구요? 어디로?"

엘리자베드는 우덕덕 정신을 차렸다. 그의 배에서는 뜻 없이 큰 소리의 웃음이 폭발하여 나온다. 놀라는 것같이.

우스운 것같이 부인도 따라 웃는다.

한참이나 웃은 뒤에 둘은 함께 웃음을 뚝 그쳤다. 엘리자베드는 웃음 뒤에 울음이 떠받쳐 올라왔다. 자연히 가는 소리의 울음이 그의 목에서 나온다.

이것을 본 부인은 갑자기 미안하여졌던지 엘리자베드를 위로한다.

"울지 마십쇼. 얼마든 여기 계세요. 제가 말씀 잘 드릴 테니……."

"아니 전 가겠어요."

"어디 갈 곳이 있어요?"

"갈 곳이……."

"있어요?"

"예서 한 사십 리 나가서 오촌모(五寸母)가 한 분 계세요."

"그렇지만…… 이런 데 계시다가…… 촌……."

부인의 눈에도 이슬이 맺힌다.

"제가 말씀…… 잘 드릴 것이니…… 그냥 계시지요."

"아니야요. 저 같은 약한 물건은 촌이 좋아요. 서울 있어야……."

부인의 눈에서는 눈물이 한 방울 뚝 떨어진다.

"서울 몇 해 있을 동안에…… 갖은 고생 다 하고…… 하던 것을 부인께서 구해 주셔서……."

부인의 눈에서는 눈물이 뚝뚝 치마 앞자락에 떨어진다.

"참 은혜는…… 내일 떠나지요."

엘리자베드는 눈물을 씻고 머리를 들었다.

"내일? 며칠 더 계시……."

"떠나지요."

"이 장마때……."

"……"

"장마나 걷은 뒤에 떠나시면……."

"그래두 떠나지요."

7

이튿날 아침 열시쯤 엘리자베드의 탄 인력거는 서울 성 밖에 나섰다.

해는 떴지마는 부스럭비는 보슬보슬 내리붓고 엘리자베드의 맞은편에는 일곱 빛이 영롱한 무지개가 반원형으로 벌리고 있다.

비와 인력거의 셀룰로이드창을 꿰어서 어렴풋이 이 무지개를 바라보면서 엘리자베드는 뜨거운 눈물을 뚝뚝 떨어뜨리고 있었다. 어젯밤에 남작 부인에게 자기 같은 약한 것에게는 촌이 좋다고 밝히 말하기는 하였지만, 그래도 반생 이상을 서울서 지낸 엘리자베드는 자기 둘째 고향을 떠날 때에 마음에 떠나기 설운 생각이 없지 못하였다.

뿐만 아니라 서울에 자기 사랑 이환이가 있고 자기에게 끝없이 동정하는 남작 부인이 있지 않으냐. 엘리자베드는 부인의 친절히 준 돈을 만져 보았다.

이렇게 서울에게 섭섭한 생각을 가진 엘리자베드는 몸은 차차 서울을 떠나지만 마음은 서울 하늘에서만 떠돈다. 어젯밤에 밤새도록 잠도 안 자고 내일은 꼭 서울을 떠나야 한다고 생각하여 양심이 싫다는 것을 억지로 그렇게 해결까지 한 그도 막상 서울을 떠나는 지금에 이르러서는, 만약 자기가 말할 용기만 있으면 이제라도 인력거를 돌이켜서 서울로 향하였으리라 생각지 않을 수가 없었다. 그렇지만 그에게는 그리할 용기가 없었다. 아니, 제일 말하기가 싫었고 인력거꾼에게 웃기우기 싫었다. 그러는 것보다도 그는 말은 하고 싶었지만, 마음속의 어떤 물건이 그것을 막았다. 그는 입술을 악물었다.

인력거는 바람에 풍겨서 한편으로 기울어졌다가 이삼 초 뒤에 도로 바로 서서 다시 앞으로 나아간다. 장마때 바람은 윙! 소리를 내면서 인력거 뒤로 달아난다.

엘리자베드의 머리에는, 갑자기 '생각날 듯 생각날 듯하면서 채 생각나지 않는 어떤 물건'이 떠올랐다. 그는 생각하여 보았다. 한참 동안 이것저것 생각하다가 남작, 그는 가렵고도 가려운 자리를 찾지 못한 때와 같이 안타깝고 속이 타는 고로 살눈썹을 부들부들 떨었다. '남작'이 자기 생각의 원몸에 가까운 것 같고도 채 생각나지를 않았다.

'남작이 고운가 미운가? 때릴까 안을까? 오랠까 쫓을까?'

그는 한참이나 남작을 두고 이리저리 생각하다가 탁 눈을 치뜨면서 주먹을 꼭 쥐었다. 이제야 겨우 그 원몸이 잡혔다.

"재판!"

그는 중얼거렸다.

그렇지만 남작을 걸어서 재판하는 것은 엘리자베드에게는 큰

문제에 다름없었다. 남작 부인에게 얻은 위로금이 재판 비용으로
는 넉넉하겠지만, 자기를 끝없이 측은히 여기는 부인에게 남편이
잘못한 일을 알게 하는 것은 엘리자베드에게는 차마 못 할 일이
다. 이 일을 알면 부인은 제 남편을 어찌 생각할까? 엘리자베드 자
기를 어찌 생각할까? 남작 집안의 어지러움. 엘리자베드는 한숨
을 후 — 하니 내쉬었다. 그것뿐이냐? 서울에는 자기 사랑 이환이
가 있다. 만약 재판을 하면 그 일이 신문에 나겠고 신문에 나면 이
환이가 볼 것이다. 이환이가 이 일을 알면 자기를 어떻게 생각할
까? 또 몇백 명 동창은 어떻게 생각할까? 세상은 어떻게 생각할까?

"재판은 못하겠다."

그는 중얼거렸다.

그렇지만 남작의 미운 짓을 볼 때에는 엘리자베드는 가만있지
못할 것같이 생각된다. 자기는 남작으로 인하여 모든 바람과 앞길
을 잃어버리지 않았느냐? 자기는 남작으로 인하여 바람과 앞길 밖
에 사랑과 벗과 모든 즐거움까지 잃어버리지 않았느냐? 그런 후에
자기는 남작으로 인하여 서울과는 온전히 떠나지 않으면 안 되지
않게 되었느냐? 이와 같은 남작을…… 이와 같은 죄인을…….

"아무래도 재판은 하여야겠다."

그는 다시 중얼거렸다.

그러면서도 그는 자기로도 재판을 하여야 할지 안 하여야 할지

똑똑히 해결치를 못하였다. 하겠다 할 때에는 갑(甲)이 그것을 막고, 못 하겠다 할 때에는 을(乙)이 금하였다.

'집에 가서 천천히 생각하자.'

그는 속이 타는 고로 억지로 이렇게 마음을 먹고 생각의 끝을 다른 데로 옮겼다.

이 생각에서 떠난 그의 머리는 걷잡을 새 없이 빨리 동작하였다. 그의 머리는 남작에서 S, 이환, 혜숙, 서울, 오촌모, 죽은 어버이들로 왔다갔다 하였다. 한참 이리 생각한 후에 그의 흥분하였던 머리는 좀 내려앉고 몸이 차차 맥이 나면서 그것이 전신에 퍼진 뒤에 머리와 가슴이 무한 상쾌하게 되면서 눈이 자연히 감겼다. 수레의 흔들리는 것이 그에게는 양상스러웠다.

졸지도 않은 채 깨지도 않고 근덕근덕하면서 한참 갈 때에 우르륵 우뢰 소리가 나므로 그는 눈을 번쩍 떴다. 하늘은 전면이 시커멓게 되고 그 사이에서는 비의 실이 헬 수 없이 많이 땅에까지 맞닿았다. 비 곁에 또 비, 비 밖에 비, 비 위에 구름, 구름 위에 또 구름이라 형용할 수밖에 없는 이 짓은 엘리자베드에게 큰 무서움을 주었다.

'저 무지한 인력거꾼 놈이…….'

그는 온몸을 부들부들 떨었다.

사면은 다만 어두움뿐이고 그 큰 길에도 사람 다니는 것 하나도 보이지 않았다. 툭툭툭툭 하는 인력거의 비 맞는 소리, 물 괸 곳에 비 오는 소리, 외앵 하고 달아나는 장마때 바람 소리, 인력거꾼의 식식거리는 소리, 자기의 두근거리는 가슴 소리 — 엘리자베드의 떨림은 더 심하여졌다.

그는 떨면서도 조그만 의식을 가지고 구원의 길이 어디 있지나 않은가 하고 셀룰로이드창을 꿰어서 앞을 내어다보았다. 창을 꿰고 비를 꿰고 또 비를 꿰어서 저편 한 이십 간 앞에 조그마한 방성 하나가 엘리자베드의 눈에 띄었다.

"아!"

그는 안심의 숨을 내어쉬었다.

'저것이 만약?'

그는 갑자기 생각난 듯이 눈을 비비고 반만큼 일어서서 뚫어지게 내어다보았다. 가슴은 뚝뚝 소리를 낸다……

어렴풋이 보이는 그 방성에 엘리자베드는 상상을 가하여 보기 시작하였다. 앞집만 보일 때에는 상상으로 뒷집을 세우고 그것이 보일 때에는 또 상상의 집을 세워서 한참 볼 때에 그 방성은 자기의 오촌모가 있는 마을로 엘리자베드의 눈에 비쳤다.

엘리자베드는 털썩 주저앉았다. 온몸이 흥분하여 피곤하여지고 가슴이 뛰노는 고로 서 있을 힘이 없었다. 가슴과 목 뒤에서는 뚝뚝 소리를 더 빨리 더 힘있게 낸다.

가뜩이나 더디게 걷던 인력거가 방성 어귀에 들어서서는 더 느리게 걷는다……

엘리자베드는 흥분한 눈으로 가슴을 뛰놀리면서 그 방성을 보았다. 길에 사람 하나 없다. 평화의 이 촌은 작년보다 조금도 달라진 것이 없다. 작년에 보던 길 좌우편에만 벌려 있던 이십여 호의 집은 역시 내게 상관있나 하는 낯으로 엘리자베드를 맞는다.

그 방성 맨 끝 뫼 바로 아래 있는 엘리자베드의 오촌모의 집에 인력거는 닿았다. 비의 실은 그냥 하늘과 땅을 맞맨 것같이 보이면서 힘있게 쪽쪽 내리 쏟는다.

엘리자베드는 인력거에서 내렸다.

세 시간 동안이나 앉아서 온 그의 다리는 엘리자베드의 자유로 되지 않았다. 그는 취한 것같이 비틀비틀하며 마치 구름 위를 걷는 것같이 허둥허둥 낮은 대문을 들어섰다. 비는 용서 없이 엘리자베드의 머리에서 가는 모시저고리 치마 구두로 내리 쏟는다.

대문 안에 들어선 엘리자베드는 어찌할지를 몰라서 담장에 몸을 기대고 우두커니 서 있었다.

그때에 마침 때 좋게 오촌모가 무슨 일로 밖에 나왔다.

"아주머니!"

엘리자베드는 무의식히 고함을 치고 두어 발자국 나섰다.

오촌모는 늙은 눈을 주름살 많은 손으로 비비고 잠깐 엘리자베

드를 보다가,

"엘리자베드냐?"

하면서 뛰어와서 마주 붙들었다.

"어떻게 왔냐? 자, 비 맞겠다. 아이구 이 비 맞은 것 봐라. 들어가자, 자."

"인력거가 있어요."

하고 엘리자베드는 땅에 발이 닿지 않는 것 같은 걸음으로 허둥허둥 인력거꾼에게 짐을 들여오라 명하고, 오촌모와 함께 어둡고 낮고 시시한 내음새 나는 방안에 들어왔다.

"전엔 암만 오래두 잘 안 오더니, 어찌 갑자기 왔냐?"

오촌모는 눈에 다정한 웃음을 띠고 물었다.

엘리자베드는 진리 있는 거짓말을 한다.

"서울 있어야 이젠 재미두 없구 그래서……."

"으응!"

오촌모는 말의 끝을 높여서 엘리자베드의 대답을 비인(非認)한다.

"네 상에 걱정빛이 뵌다. 무슨 걱정스러운 일이라도 있냐?"

'바로 대답할까.'

엘리자베드가 생각하는 동시에 입은 거짓말을 했다.

"걱정은 무슨 걱정요. 쫏."

엘리자베드는 혀를 가만히 찼다. 왜 거짓말을 해…….

"그래두 젊었을 땐 남모르는 걱정이 많으니라."

'대답할까.'

엘리자베드는 갑자기 생각했다. 가슴이 뛰놀기 시작한다. 그렇지만 기회는 또 지나갔다. 오촌모는 딴 말을 꺼낸다.

"그런데 너 점심 못 먹었겠구나? 채려다 주지. 네 촌밥 먹어 봐라. 어찌 맛있나."

오촌모는 나갔다.

"짐 들여왔습니다."

하는 인력거꾼의 소리가 나므로 엘리자베드는 나가서 짐을 찾고 들어와 앉아서 밖을 내어다보았다.

뜰 움푹움푹 들어간 데마다 물이 고였고 물 고인 데마다 비로 인하여 방울이 맺혀서 떠다니다가는 없어지고, 또 새로 생겨서 떠다니다가는 없어지곤 한다. 초가집 지붕에서는 누렇고 붉은 처마 물이 그치지 않고 줄줄 흘러내린다.

한참이나 눈이 멀거니 뜰을 바라보고 있을 때에 오촌모가 밥과 달걀, 반찬, 김치 등 간단한 음식을 엘리자베드를 위하여 차려 왔다.

엘리자베드는 점심을 먹은 뒤에 또 뜰을 내어다보기 시작하였다. 뜰 한편 구석에는 박 넌출이 하나 답답한 듯이 웅크러뜨리고 있었다. 잎 위에는 빗물이 고여 있다가 바람이 불 때마다 잎이 기울어지며 고였던 물이 땅에 쭈루룩 쏟아지는 것이 엘리자베드의 눈에 똑똑히 보였다. 그 잎들 아래는 허옇고 푸른 크담한 박 하나가 잎이 바람에 움직일 때마다 걸핏걸핏 보였다.

박 넌출 아래서 머구리가 한 마리 우덕덕 뛰어나왔다. 본래부터 머구리를 무서워하던 엘리자베드는 머리를 빨리 돌렸다. 머구리에게 무서움을 가지는 동시에 엘리자베드의 머리에는 아까 걱정이 떠올랐다.

그는 낯을 찡그리고 한숨을 후 내쉬었다. 이것을 본 오촌모는 물었다.

"왜 그러냐? 한숨을 다 짚으면서…… 네게 아무래두 걱정이 있기는 하구나."

엘리자베드는 마음이 뜨끔하였다. 그러면서도 이 기회 넘겼다가는…….

"아주머니!"

그는 흥분하고 떨리는 소리로 오촌모를 찾았다.

"왜, 왜 그러냐? 이야기 다 해라."

"서울은 참 나쁜 뎁디다그려……."

엘리자베드는 울기 시작하였다.

"자, 왜?"

"하 — 아!"

엘리자베드는 울음이 섞인 한숨을 쉬었다.

"아, 왜 그래?"

"아 — 어찌할까요."

"무엇을 어찌해. 자 왜 그러느냐?"

"난 죽고 싶어요."

엘리자베드는 쓰러졌다.

"딴소리한다. 왜 그래? 자, 이야기해라."

오촌모는 얼른다.

엘리자베드는 끊었다끊었다 하면서 무한 간단하게 자기와 남작의 사이를 이야기한 뒤에, 재판하겠단 말로 말을 끝내었다.

"너 같은 것이 강가(姜家) 집에……."

엘리자베드의 말을 들은 오촌모는 성난 소리로 책망하였다.

괴로운 침묵이 한참 연속하였다. 아주머니의 책망을 들을 때에 엘리자베드는 울음소리까지 그쳤다.

한참 뒤에 오촌모는 엘리자베드가 불쌍하였던지 이제 방금 온 것을 책망한 것이 미안하였던지 말을 돌린다.

"그래두 재판은 못한다. 우리는 상것이고 저편은 양반이 아니냐?"

아직 채 작정치 못하고 있던 엘리자베드의 마음이 이 말 한마디로 온전히 작정되었다. 그는 아주머니의 말을 우쩍 반대하고 싶었다.

"재판에두 양반 상놈이 있나요?"

"그래두 지금은 주먹 천지란다."

엘리자베드는 눈살을 찌푸렸다. 양반 상놈 문제에 얼토당토않은 주먹을 내어놓는 아주머니의 무식이 그에게는 경멸스럽기도 하고 성도 났다. 그렇지만 그 말의 진리는 자기의 지낸 일로 미루어 보아도 그르달 수가 없었다. 그래도 재판은 꼭 하고 싶었다.

"그래두 해요!"

"그리 하고 싶으면 하기는 해라마는……."

"그럼, 아주머니!"

"왜."

"이 동리에 면소가 있나요?"

"응 있다. 무엇하려구?"

"거기 가서 재판에 대하여 좀 물어보아 주시구려……."

"싫다야…… 그런 일은."

"그래두…… 아주머니까지…… 그러시면……."

엘리자베드의 낯은 울상이 되었다. 이것이 불쌍하게 보였던지 오촌모는 면서기를 찾아갔다.

이튿날 엘리자베드는 남작을 걸어서 정조 유린에 대한 배상 및 위자료로서 오천 원, 서생아(庶生兒) 승인, 신문상 사죄광고 게재 청구 소송을 경성지방법원에 일으켰다.

8

늘 그치지 않고 줄줄 내리붓던 비는 종시 조선 전지(全地)에 장마를 지웠다.

엘리자베드가 있는 마을 뒷 뫼에서도 간직하여 두었던 모든 샘이 이번 비로 말미암아 터져서 개골 가에 있는 집 몇은 집채같이 흘러내려오는 물로 인하여 혹은 떠내려가고 혹은 무너졌다.

매일 흰 물방울을 안개같이 내면서 왈왈 흘러내려가는 물을 보면서 엘리자베드는 몇 가지 일로 느끼고 있었다. 그 가운데는 반성도 없지 않았다.

— 이번 이와 같이 큰 재판을 일으킨 것이 엘리자베드의 뜻은 아니다. 법률을 아는 사람이 '그리하여야 좋다' 는 고로 엘리자베드는 으쓱하여서 그리할 뿐이다. 그에게는 서생아 승인으로 넉넉하였다.

"에이 쌍."

그는 만날 이 일이 생각날 때마다 혀를 차며 중얼거렸다.

— 서울서 떠난 것도 그의 느낌의 하나이다. 차라리 반성의 하나이다. 오촌모는 "에이구 내 딸 에이구 내 딸" 하며 크담한 엘리자베드의 궁둥이를 두드리며 사랑하였고, 엘리자베드는 여왕과 같이 가만히 앉아서 모든 일을 오촌모를 부려먹었지만, 그것만으

로 그는 만족치는 못하였다. 그는 낮고 더럽고 답답하고 덥고 시시한 냄새 나는 촌집보다 높고 정한 서울집이 낫고, 광목바지 입고 상투 틀고 낯이 시꺼먼 원시적인 촌무지렁이들보다 맥고모자에 궐련 물고 가는 모시두루마기 입은 서울 사람이 낫다. 굵은 광당포치마보다 가는 모시치마가 낫고, 다 처진 짚신보다 맵시 나는 구두가 낫다. 기름머리에 맵시 나게 차린 후에 파라솔을 받고 장안 큰거리를 팔과 궁둥이를 저으면서 다니던 자기 모양을 흐린 하늘에 그려 볼 때에는 엘리자베드는 자기에게도 부끄럽도록 그 그림자가 예뻐 보였다.

장마는 걷었다.

장마 뒤의 촌집은 참 분주하였다. 모를 옮긴다, 김을 맨다, 금년 추수는 이때에 있다고 각 집이 모두 늙은이 젊은이 할 것 없이 나서서 활동을 한다. 각 곳에서 중양가(重陽歌)의 처량한 곡조, 농부가의 웅장한 곡조가 일어나서 뫼로 반향하고 들로 퍼진다.

자농(自農)밭 몇 떼기와 뒤뜰에 터앝을 가진 엘리자베드의 오촌모의 집도 꽤 분주하였다. 자농밭은 삯을 주어서 김을 매고 터앝만 오촌모 자기가 감자와 파 이종을 하기로 하였다.

뻔뻔 놀고 있기가 무미도 하고 갑갑도 한 고로 엘리자베드는 아주머니를 도와서 손에 익지 않은 일을 하고 있었다.

첫번에는 일하기가 죽게 어려웠지마는 좀 연습된 뒤에는 땀으로 온몸이 젖고 몸이 곤하여진 뒤에 나무 그늘 아래서 상추쌈에 고추장으로 밥을 먹고 얼음과 같은 찬 우물물을 마시는 것은 참 엘리자베드에게는 위에 없는 유쾌한 일이 되었다. 첫번에는 심심 끄기로 시작하였던 일을 마지막에는 쾌락으로 하게 되었다.

그러는 사이에도 틈만 있으면 그는 집 뒤 뫼에 올라가서 서울을 바라보고 한숨을 짓고 있었다.

보얀 여름 안개로 둘러싸여서 아침 햇빛을 간접으로 받고 보얗 게 반짝거리는 아침 서울, 너무 강하여 누렇게까지 보이는 여름 햇빛을 정면으로 받고 여기저기서 김을 무럭무럭 내는 낮 서울, 새빨간 저녁놀을 받고 모든 유리창은 그것을 몇십 리 밖까지 반사 하여 헬 수 없는 땅 위의 해를 이루는 저녁 서울, 그 가운데 우뚝 일어서 있는 푸른 남산, 잿빛 삼각산, 먼지로 싸인 큰거리, 울긋불 긋한 경복궁, 동물원, 공원, 한강, 하나도 엘리자베드에게 정답게 생각 안 나는 것이 없고, 느낌 안 주는 것이 없었다.

아—내 서울아, 내 사랑아
나는 너를 바라본다
붉은 눈으로 더운 사랑으로……
아침해와 저녁놀, 잿빛 안개
흩어진 더움 아래서, 나는 너를

아 — 나는 너를 바라본다.
천년을 살겠냐 만년을 살겠냐
내 목숨 다하기까지, 내 삶 끝나기까지
나는 너를 그리리라

처량한 곡조로 엘리자베드는 부르곤 하였다.

엘리자베드는 한 자리를 정하고 뫼에 올라갈 때에는 언제든지 거기 앉아 있었다. 뒤에는 큰 소나무를 지고 그 솔그늘 아래 꼭 한 사람이 앉아 있기 좋으리 만한 바위가 하나 있었다. 그것이 엘리자베드의 정한 자리이다.

그 바위 두어 걸음 앞에서 여남은 길 되는 절벽이 있었다.

이 절벽을 내려다볼 때마다 그의 마음속에는 한 기쁨이 움직였다.

종시 재판날이 왔다.

9

재판 전날, 엘리자베드는 오촌모와 함께 서울로 들어와서 재판소 곁 어떤 객줏집에 주인을 잡았다.

— 서울을 들어설 때에 엘리자베드는 한 달밖에는 떠나 있지 않았으되 그렇게 그리던 서울이므로 기쁨의 흥분으로 몸이 죽게 피곤하여져서 부들부들 떨면서 객줏집에 들었다.

'혜숙이나 만나지 않을까? 이환 씨나 만나지 않을까? S 혹은 부인이나 혹은 남작이나 만나지 않을까?'

그는 반가움과 무서움과 바람으로 머리를 푹 숙이고 곁눈질을 하면서 아주머니와 함께 거리들을 지나갔다. 할 수 있는 대로는 좁은 길로…….

그는 하룻밤 새도록 모기와 빈대와 흥분, 걱정 들로 말미암아 잠도 잘 못 자고, 이튿날 낮이 뚱뚱 부어서 제시간에 재판소에 들어왔다.

아주머니는 방청석으로 보내고 자기 혼자 원고석(原告席)에 와 앉을 때에는 엘리자베드는 자기도 어찌 되는지를 모르도록 마음이 뒤숭숭하였다. 염통은 일 분 동안에 여든일곱 번이나 뛰놀고 숨도 일 분 사이에 스무 번 이상을 쉬게 되었다. 땀은 줄줄 기왓골에 빗물 흐르듯 흘러서 짠물이 자꾸 눈과 입으로 들어온다. 서울 들어오느라고 새로 갈아입은 엘리자베드의 빈사저고리와 바지허리는 땀으로 소낙비 맞은 것보다 더 젖게 되었다.

삼 분쯤 뒤에 그는 마음을 좀 진정하여 장내를 둘러보았다. 방청석에는 아주머니 혼자 낯에 근심을 띠고 눈이 둥그래져서 있었고 피고석에는 남작이 머리를 저편으로 돌리고 있었다.

남작을 볼 때에 그는 갑자기 죄송스러운 생각이 났다.

'오죽 민망할까. 이런 데 오는 것이 남작에게는 오죽 민망할까? 내가 잘못했지. 재판은 왜 일으켜? 남작은 나를 어찌 생각할까? 또 부인은……?'

그는 이제라도 할 수만 있으면 재판을 그만두고 싶었다. 짐짓 자기가 남작에게 져주고 싶기까지 하였다.

— 그는 머리를 좀더 돌이켰다. 거기는 남작의 대리인인 변호사가 엄연히 앉아 있었다. 만장을 무시하는 낯으로 자기 혼자만이 재판을 좌우할 능력이 있다는 낯으로 변호사는 빈 재판석을 둘러보고 있었다.

변호사를 볼 때에 엘리자베드는 남모르게,

"아!"

하는 절망의 소리를 내었다. 자기의 변론이 어찌 변호사에게 미칠까? 그의 머리에는 똑똑히 이 생각이 떠올랐다. 남작에 대한 미움이 마음속에 솟아 나왔다. 자기를 끝까지 지우려고 변호사까지 세운 남작이 어찌 아니꼽지를 않을까. 그는 외면한 남작을 흘겨보았다.

판사, 통변, 서기 들이 임석하고 재판은 시작되었다. 규정의 순서가 몇이 지나간 뒤에 원고의 변론할 차례가 이르렀다. 규정대로 사는 곳과 이름 들을 물은 뒤에 엘리자베드는 변론하여야 하게 되었다. 엘리자베드는 벌떡 일어서서 묻는 말에는 대답하였지만 변론은 나오지를 않았다. 재판소가 빙빙 도는 것 같고 낮에서는 불덩이가 나올 것 같았다. 그러다가,

'이래서는 안 되겠다. 용기를 내어야지.'

생각할 때에 얼마의 용기는 회복되었다.

그는 끊었다 끊었다 하면서 자기의 청구를 질서 없이 설명하였다.

"더 할 말은 없나?"

엘리자베드의 말이 끝난 뒤에 주석판사가 물었다.

"없어요."

엘리자베드는 말이 하기 싫은 고로 겨우 중얼거리고 앉았다.

'겨우 넘겼다.'

엘리자베드는 앉으면서 괴로운 숨을 내어쉬면서 생각하였다.

피고의 변론할 차례가 되었다. 변호사는 일어서서 웅장한 큰 소리로, 만장을 누르는 소리로, 장내가 웅웅 울리는 소리로 말하기 시작하였다.

— 원고의 말은 모두 허황하다. 그 증거가 어디 있는가? 있으면 보고 싶다. 잉태하였다 하니 거짓말인지도 모르거니와, 설혹 잉태하였다 하여도 그것이 남작의 자식인 증거가 어디 있는가? 자기 자식이니까 떨어뜨리려고 병원에 데리고 갔다 원고는 말하지만,

주인이 자기 집에 가정교사가 병원에 좀 데려다 달랄 때 데려다 줄수가 없을까? 피고가 자기 일이 나타날까 저퍼서 원고를 내어쫓았다 원고는 말하지마는 다른 일로 내어보냈는지 어찌 아는가? 원고는 당시에는 학교에도 안 가고 가정교사의 의무도 다하지 않고 게다가 탈까지 났으니, 누가 이런 식객을 가만 두기를 좋아할까? 어떻든 원고에게는 정신이상이 있는 것을 잊어서는 안 된다.

엘리자베드는 변호사가 "원고의 말은 허황하다" 할 때에 마음이 뜨끔하였다. "남작의 자식인지 어찌 알까" 할 때에 가슴에서 '툭' 하는 소리를 들었다. 병원 이야기가 나올 때에 머리가 어지러워지는 것을 깨달았다. 그 후에는 어찌 되는지 몰랐다. 청각은 가졌지만 듣지는 못하였다. 다만 둥둥 하는 사람의 말소리가 한 백리 밖에서 나는 것같이 들렸을 뿐이고 아무것도 의식지를 못하였다. 유도에 목 끼운 때와 같이 온몸이 앙상스러워지는 것이 구름을 타고 하늘을 떠다니는 것 같았다.

그가 바롯 의식상태로 들기 비롯한 때는 판사가 "더 할 말이 없느냐?"고 물을 때이다.

판사의 묻는 말을 똑똑히 알아듣지 못하고 또 말하기도 싫은 엘리자베드는 다만,

"네."

하고 대답할 수밖에는 없었다. 그런 뒤에는 그의 눈앞에는 검은

물건이 왔다갔다 움직움직하는 것만 보였다. 무엇인지는 똑똑히 알지 못하였다.

한참 있다가 판결은 났다. 원고의 주장은 하나도 증거가 없다. 그런 고로 원고의 청구는 기각한다.

이 말을 겨우 알아들은 엘리자베드는 가슴에서 두 번째 '툭' 하는 소리를 들었다. 그 뒤에는 정신이 아득하여지고 말았다.

몇 시간 동안을 혼미상태로 지낸 후에 겨우 정신이 좀 드는 때는 그는 이상한 방 안에 앉아 있었다. 껌껌한 그 방은 사면 칠 척(尺) 두 자밖에는 안 되었다. 뿐만 아니라 그 방은 들썩들썩 움직인다.

'흥 재미있구나!'

그는 생각하였다.

그렇지만 이와 같은 한가한 생각이 그의 머리에 오랫동안 머물지를 못하였다. 높이 세 치, 길이 다섯 치쯤 되는 조그만 구멍으로 자기 아주머니가 보일 때에 엘리자베드는 펄떡 정신을 차렸다. 그 때야 그는 자기 있는 곳은 보교(步轎) 안이고, 벌써 아주머니의 집에 다 이르렀고, 아까 판결받은 것이 생각났다.

보교는 놓였다.

엘리자베드는 우덕덕 보교에서 뛰어내리다가 꼬꾸라졌다. 발이 저린 것을 잊고 뛰어내리던 그는 엎드러질 수밖에는 없었다.

"에구머니!"

아주머니는 엘리자베드가 또다시 기절을 한 줄 알고 고함을 치며 뛰어왔다.

엘리자베드는 '죽어라' 하고 발이 저린 것을 참고 일어서서 뛰어 방안에 들어와 꼬꾸라졌다.

그는 울음도 안 나오고 웃음도 안 나왔다. 다만,

'야단났구만, 야단났구만.'

생각만 하였다.

그렇지만 어디가 야단나고 어떻게 야단났는지는 그는 몰랐다. 다만 어떤 큰 야단난 일이 어느 곳에 있기는 하였다.

오촌모가 들어와 흔드는 것도 그는 모른 체하고 다만 씩씩거리며 엎디어 있었다.

'야단, 야단.'

그의 눈에는 여러 가지 환상이 보인다. 네모난 사람, 개, 우물거리는 모를 물건, 뫼보다도 크게도 보이고 주먹만하게도 보이는 검은 어떤 물건, 아주머니, 연필— 이것이 모두 합하여 그에게는 야단으로 보였다.

오촌모가 펴준 자리에 누워서도 그는 이런 그림자들만 보면서 씩씩거리며 있었다.

10

이튿날 아침.

엘리자베드는 눈을 번쩍 뜨고 방안을 둘러보았다. 아주머니는 방안에 없었다. 부엌에서 덜겅거리는 고로 거기 있나 보다 그는 생각하였다.

전에는 그리 주의하여 보지 않았던 그 방안의 경치에서 병인의 날카로운 눈으로 그는 새로운 맛있는 것을 여러 가지 보았다.

제일 눈에 뜨이는 것은 담벽 사면에 붙인 당지들이다. 일본 포속(布屬)들에서 꺼내어 붙인 듯한 그 당지들을 엘리자베드는 흥미의 눈으로 하나씩 하나씩 건너보았다.

그 다음에 보인 것은 천장 서까래 틈에 친 거미줄들이다. 엘리자베드는 그 가운데 하나를 자세히 보았다. 그가 보고 있는 동안에 윙 하니 날아오던 파리가 한 마리 그 줄에 걸렸다. 거미줄은 잠깐 흔들리다가 멎고 어디 있댔는지 보이지 않던 거미가 한 마리 빨리 나와서 파리를 발로 옮킨다. 파리는 깃을 벌리고 도망하려 애를 쓰기 시작하였다. 거미줄은 대단히 떨렸다. 그렇지만 조금 뒤에 파리는 죽었는지 거미줄의 흔들림은 멎고 거미 혼자서 발발 파리를 두고 돌아다닌다. 엘리자베드는 바르륵 떨면서 머리를 돌이켰다.

'저 파리의 경우와…… 내 경우가 어디가 다를까? 어디가……?'

엘리자베드가 움직할 때에 파리가 한 마리 윙 나타났다. 그 파리의 날기를 기다리고 있었던지 다른 파리들도 일제히 웅— 날았다가 도로 각각 제자리에 앉는다…….

엘리자베드는 눈을 감았다. 상쾌한 졸음이 짜르륵 엘리자베드의 온몸에 돌았다. 엘리자베드는 승천(昇天)하는 것 같은 쾌미를 누리고 있었다.

이때에 오촌모가 샛문을 벌컥 열며 들어왔다.

엘리자베드는 눈을 번쩍 떴다. 오촌모는 들어와서 물에 젖은 손을 수건에 씻은 뒤에 엘리자베드의 머리곁에 와 앉았다.

"좀 나은 것 같으냐?"

"무엇 낫지 않아요."

"어디가 아파? 어젯밤 새도록 헛소릴 하더니……."

"헛소리까지 했어요?"

엘리자베드는 낮에 적적한 웃음을 띠고 묻는 대답을 하였다.

"그런데 어디가 아픈지는 일정하게 아픈 데가 없어요. 손목 발목이 저릿저릿하는 것이 온몸이 다 쏘아요. 꼭…… 첫몸할 때……."

"왜 그런고…… 원."

"왜 그런지요……."

잠깐의 침묵이 생겼다.

"앗!"

좀 후에 엘리자베드는 작은 소리로 날카로운 부르짖음을 내었
다. 낯에는 무한 괴로움이 나타났다.

"왜 그러냐!?"

오촌모는 놀라서 물었다.

"봤다는 안 되어요."

엘리자베드는 억지로 웃으면서 말했다.

"그럼 보지 않을 것이니 왜 그러냐?"

"묻지두 말구요!"

"묻지두 않을 것이니 왜 그래?"

"그건 안 묻는 것인가요?"

"그럼 그만두자……. 그런데 미음 안 먹겠냐?"

"좀 이따 먹지요."

엘리자베드는 괴로운 낯을 하고 팔과 다리를 꼬면서 앓는 소리
를 내고 있다가 참다 못하여 억지로 말했다.

"아주머니 요강 좀 집어 주세요."

오촌모는 근심스러운 낯으로 물끄러미 엘리자베드를 들여다보
다가 말없이 요강을 집어 주었다.

엘리자베드는 요강을 타고 앉았다. 나올 듯 나올 듯하면서도 나

오지 않는 오줌은 그에게 큰 아픔을 주었다. 한 십 분 동안이나 낯을 무한 찡그리고 있다가 내어놓을 때는 그 요강은 피오줌으로 가득 찼다.

"피가 났구나!"

오촌모는 놀란 소리로 물었다.

"……네."

"떨어지려는 것이로구나."

"그런가 봐요."

말은 끊어졌다.

엘리자베드의 마음은 무한 설렁거렸다. 그 가운데는 두려움과 반가움이 섞여 있었다.

"깨를 어떻게 먹으면 올라붙기는 한다더라만……."

잠깐 후에 아주머니가 말을 시작했다.

"그건 올라붙어 무엇 해요."

엘리자베드는 낯을 찡그리고 대답하였다.

"그래도 낙태로 죽는 사람두 있느니라……."

엘리자베드는 대답을 하려다가 말이 하기 싫은 고로 그만두었다.

말은 또 끊어졌다.

엘리자베드는 '죽어두 좋아요'라고 대답하려 하였다.

'죽으면 뭘 하나.'

그는 병적으로 날카롭게 된 머리로 생각하여 보았다.

'내게 이제 무엇이 있을까? 행복이 있을까? 없다. 즐거움은? 그 것도 없다. 반가움은? 물론 없지. 그럼 무엇이 있을까? 먹고 깨고 자는 것뿐— 그 뒤에는? 죽음! 그 밖에 무엇이 있을까? 아무것도 없다. 그것뿐으로도 살 가치가 있을까? 살 가치가 있을까? 아, 아! 어 떨까? 없다! 그러면? 나 같은 것은 죽는 편이 나을까? 물론. 그럼 자살? 아! 자살? (그는 사지를 부들부들 떨었다.) 모르겠다. 살아지는 대 로 살아 보자. 죽는 것도 무섭지 않고, 사는 것도 싫지도 않고—.'

이때에 오촌모가 말을 시작했다.

"내가 가서 물어 보고 올라?"

"그만두세요."

그는 우덕덕 놀라면서 무의식히 날카롭게 말하였다.

"그래두 내 잠깐 다녀오지."

아주머니는 일어서서 밖으로 나갔다.

아주머니가 나간 뒤에 그는 또 생각하여 보았다.

'내 근 이십 년 생애는 어떠하였는가? 앞일은 그만두고 지난 일 로…… 근 이십 년 동안이나 살면서 남에게, 사회에게 이익한 일 을 하나라도 하였는가? 벗들에게 교과를 가르친 일 — 이것뿐! 이 것을 가히 사회에 이익한 일이라 부를 수가 있을까? (그는 입술을 부들부들 떨었다.) 응! 하나 있다! 표본! (그는 괴로운 웃음을 씩 — 웃었다.) 이후 사람을 경계할 만한 내 사적! 곧 표본! 표본생활 이십 년…… 아……! 그러니 이것도 내가 표본이 되려서 되었나? 되기 싫어서도 되었지. 헛 데로 돌아간 이십 년, 쓸데없는 이십 년, 나를 모르고 산 이십 년, 남에게 깔리어 산 이십 년. 그 동안에 번 것은? 표본! 그 동안에 한 일은? 표본!'

그는 피곤하여진 고로 눈을 감았다. 더움과 추움이 그를 쏘았다. 그는 추워서 사지를 보들보들 떨면서도 이마와 모든 틈에는 땀을 줄줄 흘리고 있었다. 아래는 수만 근 되는 추를 단 것같이 대단히 무거웠다.

괴로움과 한참 싸우다가 오촌모의 돌아옴이 너무 더딘 고로 그는 그만 잠이 들었다.

자는 동안에 여러 가지 그림자가 그의 앞에서 움직였다.

— 네모난 사람이 어떤 모를 물건을 가지고 온다. 그 뒤에는 개가 따라온다. 방성 뒷산에서 뫼보다도 큰 어떤 검은 물건이 수없이 많이 흐늘흐늘 날아오다가 엘리자베드의 있는 방 앞에 와서는 주먹만하게 되면서 그의 품속으로 뛰어 들어온다. 하나씩 하나씩 다 들어온 다음에는 도로 하나씩 하나씩 흐늘흐늘 날아 나가서 차차 커지며 뫼만하게 되어 도로 산 가운데서 쓰러져 없어진다. 다 나갔다는 도로 들어오고 다 들어왔다는 도로 나가고 자꾸자꾸 순환되었다. 엘리자베드는 앓는 소리를 연발로 내며 이 그림자들을

보고 있었다.

— 이렇게 무서운 그림자를 한참 보고 있을 때에,

"얘, 미음 먹어라."

하는 오촌모의 소리가 나는 고로 눈을 번쩍 떴다.

그는 미음 그릇을 들고 들어오는 아주머니를 관찰하기 시작하였다.

'저런 큰 그릇을 원 어찌 들고 다니노? 키도 댓자밖에는 못 되는 노파가…….'

오촌모가 미음 그릇을 놓은 다음에 엘리자베드는 그것을 먹으려고 엎디었다. 아픔이 온몸에 쭉 돌았다…….

"숟갈이 커서 어찌 먹어요?"

그는 놋숟갈을 보고 오촌모에게 물었다. 그는 '숟갈이 커서 들지를 못하겠다'는 뜻으로 한 말이다.

"어제두 먹던 것이 커?"

엘리자베드는 안심하고 숟갈을 들었다. 그것은 뜻밖에 크지도 않고 무겁지도 않았다. 그는 곁에 놓인 흰 가루를 미음에 치고 먹기 시작하였다.

"아이고 짜다."

그는 한 술 먹은 뒤에 소리를 내었다.

"짜기는 왜 짜? 사탕가루를 많이 치구…….'"

병으로 날카롭게 된 그의 신경은 그의 자유로 되었다. 마치 최면술에 피술자(被術者)가 시술자(施術者)의 명령을 절대로 복종하여, 단 것도 시술자가 쓰다 할 때에는 쓰다 생각하는 것과 같이 그의 신경도 절대로 그의 명령을 좇았다. 흰 가루를 소금이라 생각할 때에는 짜게 보였으나 사탕가루라 생각할 때에는 꿀송이보다도 더 달았다. 그렇지만 그의 신경도 한 가지는 복종치를 않았다. 아픔이 좀 나았으면 하는 데는 조금도 순종치를 않았다.

미음을 먹는 동안에 오촌모가 투덜거렸다.

"스무 집이나 되는 동리 가운데서 그것 아는 것이 하나두 없단 말인가 원……."

"무엇이요?"

엘리자베드는 미음을 삼키고 물었다.

"그 올라붙는 방문 말이루다. 원 깨를 어쩐대든지……."

엘리자베드는 성이 나서 대답을 안 하였다.

미음을 다 마신 다음에 돌아누우려다가 그는,

"악!"

소리를 내고 그 자리에서 꼬꾸라졌다. 어디가 아픈지 똑똑히 모를 아픔이 온몸을 쿡 쏘았다. 정신까지 어지러웠다.

"어째? 더하냐?"

"물이 쏟아져요."

엘리자베드는 똑똑한 말로 대답하였다.

"어째?"

"바람이 부는지요?"

"애, 정신채레라."

엘리자베드는 후덕덕 정신을 차리면서,

"내가 원 정신이 없어졌는가?"

하고 간신히 천장을 향하고 누웠다. 천장에는 소가 두 마리 풀을 뜯어 먹고 있었다. 엘리자베드는 무서워서 부들부들 떨기 시작하였다. 두 마리의 소는 싸움을 시작했다.

'떨어지면……?' 생각할 때에 한 마리는 그의 배 위에 떨어졌다. 일순간 뜨끔한 아픔 뒤에는 아무렇지도 않았다.

악 소리를 내고 그는 다시 천장을 보았다. 소는 역시 두 마리이지만 이번은 춤을 추고 있다.

"표본 생활 이십 년!"

그는 중얼거리고 담벽을 향하여 돌아누웠다. 거기서는 남작과 이환과 도야지와 파리가 장거리 경주를 하고 있었다.

'흥! 재미있다. 누가 이길 터인고?'

그는 생각하였다.

조금 있다가 그는 생각난 듯이 수군거렸다.

"표본 생활 이십 년!"

11

그가 눈을 아무 데로 향하든지 어떤 그림자는 거기 벌려 있었다. 그가 자든지 깨든지 어떤 그림자는 거기서 움직였다. 이렇게 엘리자베드는 사흘을 지냈다.

그러는 동안 다함이 없는 철학이 감추어져 있는 것 같고도 아무 뜻이 없는 헛말 같이도 생각되는 말귀가 흔히 무의식히 그의 머리에 떠올랐다.

'표본 생활 이십 년!'

그는 이 말을 여러 번 거푸 하였다.

이렇게 사흘째 되는 저녁, 복거리 낮보다도 더 훈훈 타는 저녁, 등과 사지 맨 끝에서 시작하여 짜르륵 온몸에 도는 추위의 쾌미를 역증으로 받으면서 잠과 깸의 가운데서 돌던 엘리자베드는 오촌모의 소리에 놀라 흠칠하면서 깨었다.

"왜 그리 앓는 소리를 하냐? (혼자말로) 탈인지 무엇인지 낫지두 않구."

"아 ― 유 ― 죽겠다아 ― 하아 ―."

엘리자베드는 눈을 감은 채로 아주머니의 소리 나는 편으로 돌아누우면서 신음했다. 그렇지만 그에게는 아프리라 생각하는 데서 나온 아픔밖에는 아픔이 없었다.

"왜 그래? 참 앓는 너보다두 보는 내가 더 속상하다. 후!"

오촌모도 한숨을 쉰다.

"아이구 덥다!"

오촌모는 빨리 부채를 집어서 엘리자베드를 부치면서 말했다.

"내 부쳐 줄 것이니 일어나서 이 오미잣물을 마셔 봐라."

오미자라는 소리를 들은 그는 귀가 버썩하였다. 어렸을 때부터 오미자를 좋아하던 그는 이불 속에서 꿈질꿈질 먹을 준비를 시작하였다. 오늘은 그의 머리는 똑똑하여졌다. 그림자가 안 보였고 아픔도 덜어졌다.

오촌모는 자기도 한 숟갈 떠먹어 본 뒤에 권한다.

"아이구 달다. 자 먹어 봐라."

엘리자베드는 눈을 뜨고 엎디어서 오미잣물을 마셨다. 새큼하고 단 가운데도 말할 수 없는 아름다운 내음새를 가진 오미잣물은 병인인 엘리자베드에게 위에 없는 힘을 주었다. 그는 단숨에 한 사발이나 되는 물을 다 마셔 버렸고 도로 누웠다.

"맛있지?"

"네."

"그런데 어떠냐, 아프기는?"

엘리자베드는 다만 씩 웃었다. 다 큰 것이 드러누워서 다 늙은 아주머니를 속상케 함에 대한 미안과, 크담한 것이 '윽윽' 앓는 부끄러움이 합하여 낮은 웃음을 그는 다만 감추지 않고 정직하게 웃은 것이다.

"오늘은 정신 좀 들었냐? 며칠 동안 별한 소릴, 어떠런 소릴 하던지……? 응……! 응! 무얼 '표분 생활 이십 년' 이라던지?"

"표본 생활 이십 년!"

엘리자베드는 생각난 듯이 무의식히 소리를 내었다.

"응! 그 소리 그 소리!"

오촌모도 생각난 듯이 지꺌였다.

"아이 덥다!"

엘리자베드는 이불을 차 던지고 고함을 쳤다.

"응, 부쳐 주지."

어느덧 부채질을 멈추었던 오촌모는 다시 부치기 시작했다.

속에서 나오는 태우는 듯한 더움과 밖에서 찌르는 무르녹이는 듯한 더위와 사늘쩍한 부채 바람이 합하여 엘리자베드의 몸에 쪼르륵 소름이 돋게 하였다. 소름 돋을 때와 부채의 시원한 바람의 쾌미는 그에게 졸음이 오게 하였다. 그는 구름 타고 하늘에 올라가는 맛으로 잠과 깸의 가운데서 떠돌고 있었다.

몇 시간 지났는지 몰랐다. 무르녹이기만 하던 날은 소낙비로 부어 내린다. 그리 덥던 날도 비가 오면서는 서늘하여졌다. 방안은 습기로 찼다. 구팡에 내려서 튀어나는 물방울들은 안개비와 같이 되면서 방안으로 몰려 들어온다.

　그는 눈을 번쩍 떴다. 어느덧 역한 내음새 나는 모기장이 그를 덮었고 그의 곁에는 오촌모가 번뜻 누워서 답답한 코를 구르고 있었다. 위에는 불티를 잔뜩 앉히고 그 아래서 숨찬 듯이 할락할락하는 석유 램프는 모기장 밖에서 반딧불같이 반짝거리며 할딱거리고 있었다.

　'가는 목숨으로라도 살아지는 껏 살아라.'

　그 램프는 소곤거리는 것 같다.

　엘리자베드는 일어나서 요강을 모기장 밖에서 들여왔다. 한참 타고 앉았다가 악 소리를 내고 그는 엎으러졌다. 가슴은 뛰놀고 숨도 씩씩하여졌다. 마음은 무한 설렁거렸다. 맥도 푹 났다.

　한참 엎디어 있다가 그는 생각난 듯이 벌떡 일어나서 요강을 내어놓고 번갯불과 같이 빨리 그 속에 손을 넣어서 주먹만한 핏덩이를 하나 꺼내었다.

　'내 것.'

　그의 머리에 번갯불과 같이 이 생각이 지나갔다.

　그의 머리에는 모순된 두 가지 생각이 일어났다.

　'내 것.'

　참 자식에 대한 사랑이 그 핏덩어리에게 일어났다.

　'이것 때문에…….'

그는 그 핏덩이에 대하여 무한한 미움이 일어났다.

'이것도 저 아니꼬운 남작의 것, 나는 이것 때문에…….'

이 두 가지 생각의 반사작용으로 그는 핏덩이를 힘껏 단단히 쥐었다. 거기는 미움이 있고 사랑이 있었다.

그는 그 핏덩이를 씹어 먹고 싶었다. 거기도 미움이 있고 사랑이 있었다.

그는 그것을 쥔 채로 드러누웠다. 맥이 나서 앉아 있을 힘이 없었다.

드러누운 그에게는 얼토당토않은 딴 생각이 두어 가지 머리에 났다. 이것도 잠깐으로 끝나고 잠이 들었다.

이삼 분의 잠이 그를 스치고 지나간 뒤에 그는 눈을 번쩍 뜨면서 무의식히 중얼거렸다.

"표본 생활 이십 년!"

그 다음 순간 그에게는 별한 생각이 머리에 떠올랐다.

'약한 자의 슬픔!'

'천하에 둘도 없는 명언이루다.'

그는 생각하였다.

그는 이 문제를 두고 논문 비슷이, 소설 비슷이 하나 지어 보고 싶은 생각이 났다. 그는 생각하여 보았다.

자기의 설움은 약한 자의 슬픔에 다름없었다. 약한 자기는 누리에게 지고 사회에게 지고 '삶'에게 져서, 열패자(劣敗者)의 지위에 이르지 않았느냐?! 약한 자기는 이환에게 사랑을 고백치 못하고 S 와 혜숙에게서 참말을 듣지 못하고 남작에게 저항치를 못하고 재판석에서 좀더 굳세게 변론치를 못하여 지금 이 지경에 이르지 않았느냐?!

'그렇지만 이것은 밖이 약한 것이다. 좀더 깊이, 안으로!'

그는 생각하였다.

자기의 아직까지 한 일 가운데서 하나라도 자기께서 나온 것이 어디 있느냐? 반동(反動) 안 입고 한 일이 어디 있느냐? 남작 집에서 나온 것도 필경은 부인이 좀더 있으라는 반동에서 나온 것이 아니냐? 병원 안에 들어간 것도 필경은 집으로 돌아올 전차가 안 보임에 있지 않으냐? 병원으로 향한 것도 그렇다. 재판을 시작한 것은? 오촌모가 말리는 반동을 받았다! 모든 일이 다 그렇다!

"이십 세기 사람이 다 그렇다!"

그는 힘있게 중얼거렸다.

"어떻든…… 응! 그렇다! 문제는 '이십 세기 사람'이라고 치고, 첫줄을 '약한 자의 슬픔'으로 시작하여 마지막 줄을 '현대 사람 다의 약함'으로 끝내자."

그는 자기 짓던 글을 생각하고 중얼거렸다.

'표본 생활 이십 년이란 구는 꼭 넣어야겠다.'

그는 생각하였다. 그리고 글을 속으로 생각하기 시작하였다.

이리 짓고 저리 지어서 이만하면 완전하다 생각할 때 그는 마지막 구를 소리를 내어서 읽었다.

"현대 사람 다의 약함!"

그런 다음에는 그의 머리에 한 공허가 생겼다. 그 공허가 가슴으로 퍼질 때에 그는 맥이 나고 발끝과 손끝에서 그 공허가 일어날 때에 그는 눈을 감았다. 눈이 무한 무거워졌다. 그 공허가 온몸에 퍼질 때에 그는 후— 숨을 내어쉬면서 잠이 들었다.

12

"저런! 원 저런!"

이튿날 아침 엘리자베드에게 어젯밤 변동을 듣고 눈이 둥그래져서 그 핏덩이를 들여다보며 오촌모는 지껄였다.

엘리자베드는 탁 그 핏덩이를 빼앗아서 이불 아래 감춘 뒤에 낯을 붉히며 이유 없이 씩 웃었다.

"어떻든 네 속은 시원하겠다. 밤낮 떨어지면 떨어지면 하더니—."

오촌모는 비웃는 듯이 입살을 주었다.

아깟번에 웃은 엘리자베드는 이번에도 웃지 않으면 안 되게 되었다. 그는 억지로 입과 눈으로만 일순간의 웃음을 웃은 뒤에 곧 낯을 도로 쪽 폈다. 그리고 미안스러운 듯이 오촌모의 낯을 들여다보았다. 오촌모의 낯에는 가련하다는 표정이 똑똑히 보였다.

'역시 가련한 것이루구나!'

그는 속으로 고함을 쳤다.

'그것도 내 것이 아니냐!?'

어머니가 자식에게 가지는 육친의 정다움이 엘리자베드의 마음에 일어났다. 그는 몰래 손을 더듬어서 겁적겁적하고 흐늘거리는 그 핏덩이를 만져 보았다.

'어디가 엉덩이구 어디가 머리 편인고?'

하고 그는 손가락으로 핏덩이를 두드리고 쓸어 주고 있었다. 차디찬 핏덩이에서도 엘리자베드는 다스한 맛이 올라오는 것을 깨달았다.

'사람이란 이런 것이루다.'

그는 생각하였다.

물끄러미 한참 그를 들여다보던 오촌모는 도로 전과 같은 사랑의 낯이 되며 생각난 듯이 말했다.

"잊었댔다. 오늘은 장날이 되어서 서울 잠깐 들어갔다 와야겠다. 무엇 먹고 싶은 것은 없냐? 있으면 말해라. 사다 줄 거니……."

"없어요."

엘리자베드는 팔딱 정신을 차리며 무의식히 중얼거렸다. '서울' 소리를 듣고 그는 갑자기 가슴이 뛰놀기 시작하였다.

'저런 노파가 다 서울을 다니는데 내가 어찌…….'

그는 오촌모를 쳐다보면서 생각하였다. 그러다가 갑자기 오촌모를 찾았다.

"아주머니!"

"왜?"

"서울 들어가세요?"

그의 목소리는 흥분으로 떨렸다.

"응."

엘리자베드는 비쭉하여졌다. 오촌모의 '응'이란 대답뿐은 그를 만족시키지 못하였다. '응, 들어가겠다' 든지 '응, 다녀올란다' 든지 좀더 친절히 똑똑히 대답 안 한 오촌모가 그에게는 밉게까지 보였다.

그렇지만 그의 정조(情調)는 그의 비쭉한 것을 뚫고 위에 올라오기에 넉넉하였다. 그는 좀더 힘있게 떨리는 소리로 오촌모를 찾았다.

"아주머니!"

"왜?"

오촌모는 또 그렇게 대답하였다.

"나두 함께 가요!"

"어딜?"

"서울!"

"딴소리한다. 넌 편안히 누워 있어야 한다."

오촌모의 낯에는 무한한 동정이 나타났다.

"그래두…… 가구 싶어요!"

그의 눈에는 눈물이 고였다.

"내 다 구경해다 줄 거니 잘 누워 있거라. 너 다 나은 다음에 한 번 들어가 실컷 돌아다니자. 그래두 지금은 못 간다."

"길 다 말랐어요?"

그는 뚱딴지소리를 물었다.

"웅, 소낙비니깐 땅 위로만 흘렀지 속은 안 뱄더라."

"뒤뜰 호박두 익었지요 인제. 메칠 동안 나가 보지두 못해서……."

그의 목소리는 자못 떨렸다.

"아까 가보니깐 아직 잘 안 익었더라."

잠깐 말은 끊어졌다. 조금 뒤에 엘리자베드는 떨리는 소리로 말했다.

"아 — 서울 가보구……."

"걱정 마라. 이제 곧 가게 되지."

"아주머니!"

"왜 그러냐?"

"그 애들이 아직 날 기억할까요?"

"그 애들이라니?"

"함께 공부하던 애들이요."

"하하! (한숨을 쉬고) 걱정 마라. 그저 걱정 마라. 내가 있지 않냐? 인젠 그깟것들이 무엇에 쓸데가 있어? 나하구 이렇게 편안히 촌에서 사는 것이 오죽 좋으냐! 아무 걱정 없이…… 지난 일은 다 꿈이다, 꿈이야! 잊구 말어라."

'강한 자!'

엘리자베드는 속으로 고함을 쳤다.

'아주머니는 강한 자이고 나는 약한 자이고…… 그 사이에 무슨 차별이 있을꼬?'

"내 다녀올 것이니 편안히 누워 있거라."

오촌모는 말하면서 봇짐을 들고 나간다.

"무얼 사다 줄꼬 원. 복숭아나 났으면 사다 줄까. 우리 딸을……."

엘리자베드는 자기 생각만 연속하여 하였다. 스스로 알지는 못하였으나 어떤 회전기(廻轉期) 위기 앞에 선 그는 산후(産後)의 날카로운 머리를 써서 꽤 똑똑한 해결을 얻을 수가 있었다.

'그렇다! 나도 시방은 강한 자이다. 자기의 약한 것을 자각할 그때에는 나도 한 강한 자이다. 강한 자가 아니고야 어찌 자기의 약점을 볼 수가 있으리요? 어찌 알 수가 있으리요? (그의 입에는 이김의 웃음이 떠올랐다.) 강한 자라야만 자기의 약한 곳을 찾을 수가 있다.

약한 자의 슬픔! (그는 생각난 듯이 중얼거렸다.) 전의 나의 설움은 내가 약한 자인 고로 생긴 것밖에는 더 없었다. 나쁜 아니라 이 누리의 설움, 아니 설움뿐 아니라 모든 불만족, 불평 들이 모두 어디서 나왔는가? 약한 데서! 세상이 나쁜 것도 아니다! 인류가 나쁜 것도 아니다! 우리가 다만 약한 연고인밖에 또 무엇이 있으리요. 지금 세상을 죄악세상이라 하는 것은 이 세상이, 아니! 우리 사람이 약한 연고이다! 거기는 죄악도 없고 속임도 없다. 다만 약한 것! 약함이 이 세상에 있을 동안 인류에게는 싸움이 안 그치고 죄악이 안 없어진다. 모든 죄악을 없이하려면은 먼저 약함을 없이하여야 하고, 지상낙원을 세우려면은 먼저 약함을 없이하여야 한다.

만일 약한 자는 마지막에는 어찌 되노? ……이 나! 여기 표본이 있다. 표본 생활 이십 년 (그는 생각난 듯이 웃으면서 중얼거렸다.) 나는 참 약했다. 일 하나라도 내가 하고 싶어서 한 것이 어디 있는가! 세상 사람이 이렇다 하니 나도 이렇다. 이 일을 하면 남들은 나를 어찌 볼까 이런 걱정으로 두룩거리면서 지냈으니 어찌 이 지경에 이르지 않았으리요! 하고 싶은 일은 자유로 해라. 힘써서 끝까지!

거기서 우리는 사랑을 발견하고 진리를 발견하리라!

그렇지만 강한 자가 되려면은……!'

그는 생각하여 보았다.

'내가 너희에게 새 계명을 주노니 사랑하라! (그는 기쁨으로 눈에 빛을 내었다.) 그렇다! 강함을 배는 태(胎)는 사랑! 강함을 낳는 자는 사랑! 사랑은 강함을 낳고, 강함은 모든 아름다움을 낳는다. 여기 강하여지고 싶은 자는, 아름다움을 보고 싶은 자는, 삶의 진리를 알고 싶은 자는, 인생을 맛보고 싶은 자는 다 참사랑을 알아야 한다. 만약 참 강한 자가 되려면은? 사랑 안에서 살아야 한다. 우주에 널려 있는 사랑, 자연에 퍼져 있는 사랑, 천진난만한 어린아이의 사랑!

"그렇다! 내 앞길의 기초는 이 사랑!"

그는 이불을 차고 벌떡 일어나 앉았다. 그의 앞에는 끝없는 넓은 세계가 벌여 있었다. 누리에 눌리어 살던 그는 지금은 그 위에 올라섰다. 그의 입에는 온 우주를 쳐누른 기쁨의 웃음이 떠올랐다.

✽ 작품해설

「약한 자의 슬픔」은 제재 분류상 김동인 문학의 특성인 개인의식과 삶의 인식 중 '약한 사람들의 목소리'에 해당되는 작품이다. 이는 강한 자와 약한 자, 있는 자와 없는 자, 지배자(주인)와 피지배자(하인) 등의 계층관계와 그에 연유되는 인간관계 및 사회관계, 그리고 그 의식구조를 보여준다.

인류가 살아오는 동안 이 계층의 충돌은 실로 오래이다. 또한 이 문제가 오늘의 사실주의 문학에서 큰 제재로 다루어지고 있음도 보게 된다.

이 작품은 애정의 갈등이 필경에는 계층의 대결과 비극으로까지 몰고 가는 이야기이다. 그러면서 약자의 비참한 패배로부터 강자로 되기까지의 '전락과 자각'에의 구조이다. 또 전반부는 애정의 갈등을 보이지만 후반부는 계층 간의 갈등을 보여줌이 그 구성상의 특징을 이룬다.

여주인공 엘리자베드(여학생)는 K남작 댁의 가정교사이다. 그녀는 어느 날 밤 K남작의 불의의 침입으로 정조를 유린당한다. 이를 계기로 불륜관계는 계속된다. 이렇게 남작의 요구를 받아들이면서부터 눈을 뜨게 된 그녀의 성애(性愛)는 날을 거듭할수록 불태우게 되고, 이어 임신하게 된다. 그러나 그후 그녀는 남작의 구실에 말려 쫓겨난다.

이렇게 되자 그녀는 고뇌로 몸부림치며 남작을 증오하게 되고, 급기야는 간음죄로 법정에 고소하기까지 한다. 이는 사랑의 배신에 대한 일종의 적대 감정으로서의 보복행위이기도 하다. 하지만 그 법정 투쟁 또한 패소(敗訴)로 묵살되고 만다.

이러한 절망적인 비애는 그녀를 자살 직전까지 몰고 가면서 약자임을 깨닫게 된다. 더욱이 법으로부터의 외면과 소외에서 오는 실망과 실의는 그녀로 하여금 죽고 싶도록 뼈아픈 약자로서의 슬픔을 체득게 한다.

여기서 절실하게 원망(願望)하는 것은 강한 힘 바로 그것이었다. 그 점에서 이 작품은 약자는 스스로를 이겨낼 수 없고, 세계와 싸워 살아갈 수 없는 실제상의 삶의 문제를 소설적 갈등으로서 제시한 것이다. 즉 약자에서 강자를 지향하는 갈망에의 역설적 표현으로 여겨진다.

나는 저절로 목이 늘어지는 것을 깨달았다. 나의 머리에는 어젯밤 그가 이 방에서 끌려 나
갈 때의 꼴이 떠올랐다.

"칠십 줄에 든 늙은이가 태 맞고 살길 바라갔소? 난 아무케 되든 노형들이나……."

그는 이 말을 채 맺지 못하고 초연히 간수에게 끌려 나갔다. 그리고 그를 내어쫓은 장본인
은 이 나였었다.

태형

"기쇼오(起床)!"

잠은 깊이 들었지만 조급하게 설렁거리는 마음에 이 소리가 조 그맣게 들린다. 나는 한순간 화다닥 놀래어 깨었다가 또다시 잠이 들었다.

"여보, 기쇼야, 일어나오."

곁의 사람이 나를 흔든다. 나는 돌아누웠다. 이리하여 한 초 두 초, 꿀보다도 단 잠을 즐길 적에 그 사람은 나를 또 흔들었다.

"잠 깨구 일어나소."

"누굴 찾소?"

이렇게 나는 물었다. 머리는 또다시 나락의 밑으로 미끄러져 들어간다.

"그러디 말고 일어나요. 지금 오방 뎅껭(點檢)합넨다."

"여보, 십 분 동안만 더 자게 해주."

"그거야 내가 알갔소? 간수한테 들키면 혼나갔게 말이지."

"에이, 누가 남을 잠도 못 자게 해. 난 잠들은 지 두 시간도 못 됐구레. 제발 조금만 더⋯⋯."

이 말이 맺기 전에 나의 넓은 침실과 그 머리맡의 담배를 얼핏 보면서, 나는 혼혼히 잠이 들었다. 그때에 문득 내게 담배를 한 가치 주는 사람이 있으므로, 그 담배를 먹으려 할 때에 아까 그 사람(나를 흔들던 사람)은 또다시 나를 흔든다.

"기쇼 불렀소. 뎅껭꺼정 해요. 일어나래두⋯⋯."

"여보, 이제 남 겨우 또 잠들었는데 깨우긴 왜⋯⋯."

"뎅껭이면 어떻단 말이오? 그래 노형 상관 있소?"

"그만 둡시다. 그러나 일어나 나오."

"남 이제 국수 먹고 담배 먹은 꿈 꾸댔는데⋯⋯."

이 말을 하려던 나는 생각만 할 뿐 또다시 잠이 들었다. 또 한 초 두 초 단꿈에 빠지려던 나는, 곁방에서 들리는 제격거리는 칼 소리와 문을 덜컥덜컥 여는 소리에 벌떡 놀라서 일어나 앉았다. 그러나 온몸을 취케 하던 졸음은 또다시 머리를 덮는다. 나는 무릎을 안고 머리를 묻은 뒤에 또다시 잠이 들었다. 또 한 초 두 초, 시간은 흐른다. 덜컥! 마침내 우리 방문을 여는 소리가 났다. 나는 갑자기 굴복을 하고 머리를 들었다. 이미 잘 아는 바이거니와, 한 초 전에 무거운 잠에 취하였던 사람이라고는 생각 안 되도록 긴장된다.

덜컥 하는 소리와 함께 문이 열리며 간수가 서넛 들어섰다.

"뎅껭!"

다섯 평이 좀 못 되는 방에는 너무 크지 않나 생각되는 우렁찬 소리가 울려오며, 경험으로 말미암아 숙련된 흐르는 듯한(우리의 대명사인) 번호가 불리운다. 몇 호 몇 호, 이렇게 흐르는 듯이 불러 오던 간수부장은 한 번호에 멎었었다.

"나나햐꾸 나나쥬 용고(七百七十四號)."

아무 대답이 없다.

"나나햐꾸 나나쥬 용고!"

자기의 대명사 — 더구나 일본말로 부르는 것을 알아듣지 못한 칠백칠십사호의 영감(곧 내 뒤에 앉은)은 역시 대답이 없었다. 나는 참다못하여 그를 꾹 찔렀다. 놀라서 덤비는 대답이 그때야 겨우 들렸다.

"예, 하이!"

"나제 하야꾸 헨지오 시나이(왜 빨리 대답 안 하나)."

"이리 와!"

이렇게 부장은 고함친다. 그러나 영감은 가만있었다. 고요한 가 운데 소리 하나 없다.

"이리 오너라!"

두 번째의 소리가 날 때에 영감은 허리를 구부리고 그의 앞에

갔다. 한 순간 공기를 헤치고 날카로운 소리와 함께, 이것 역시 경험 때문에 손익게 된 솜씨인, 드는 손 보이지 않는 채찍을 영감의 등에 내리었다.

영감은 가만있었다. 그러나 눈에는 눈물이 어리었다.

칠백칠십사호 뒤의 번호들이 모두 불리운 뒤에, 정신차리라는 책망과 함께 영감은 자기 자리에 돌아오고 감방문은 다시 닫겼다.

이상한 일이거니와 한 사람이 벌을 받으면 방안의 전체가 떨린다(공분이라거나 동정이라든가는 결코 아니다). 몸만 떨릴 뿐 아니라 염통까지 떨린다. 이 떨림을 처음 경험한 것은 경찰서에서 세 시간은 연하여 맞은 뒤에 구류실에 들어가서 두 시간 동안을 사시나무 떨듯 떨던 때였다. 죽지나 않나까지 생각되었다(지금은 매일 두세 번씩 당하는 현상이거니와……).

방은 죽음의 방같이 소리 하나 없다. 숨도 크게 못 쉰다. 누구나 곁을 보면 거기는 악마라도 있는 것처럼 보려고도 안 한다. 그들에게 과연 목숨이 남아 있는지?

좀 있다가 점검이 끝났는지 간수들의 발소리가 도로 우리 방 앞을 지나갔다. 그때에 아까 그 영감의 조그만 소리가 겨우 침묵을 깨뜨렸다.

"집엔, 그 녀석(간수)보담 나이 많은 아들이 두 녀석이나 있세다가레……."

덥다.

몇도(度)인지, 백십도 혹은 그 이상인지도 모르겠다.

매일 아침 경험하는 바와 같이 동쪽 하늘에 떠오르는 해를 '저 해가 이제 곧 무르녹일 테지' 생각하면 그 예상을 맞추려는 듯이 해는 어느 덧 방을 무르녹인다.

다섯 평이 조금 못 되는 이 방에 처음에는 스무 사람이 있었지만, 몇 방을 합칠 때에 스물 여덟 사람이 되었다. 그때에 이를 어찌하노 했다. 진남포 감옥에서 공소로 넘어온 사람까지 서른네 사람이 되었을 때에 우리는 한숨을 쉬었다. 그러나 신의주와 해주 감옥에서 넘어온 사람까지 하여 마흔네 사람이 될 때에 우리는 한숨도 못 쉬었다. 혀를 채었다.

곧 추녀 끝에 걸린 듯한 뜨거운 해는 끊임없이 더위를 보낸다. 몸속에 어디 그리 물이 많았던지 아침부터 계속하여 흘린 땀이 그냥 멎지 않고 흐른다. 한참 동안 땀에 힘없이 앉아 있던 나는 마지막 힘을 내어 담벽을 기대고 흐늘흐늘 일어섰다. 지옥이었었다. 빽빽이 앉은 사람들은 모두 힘없이 머리를 느리우고 입을 송장같이 벌리고 흐르는 침과 땀을 씻을 생각도 안하고 먹먹히 앉아 있다. 둥그렇게 구부러진 허리, 맥없이 무릎 위에 놓인 손, 뚱뚱 부은 시퍼런 얼굴에 힘없이 벌어진 입, 생기 없는 눈, 흩어진 머리와 수염, 모든 것이 죽은 사람이었었다. 이것이 과연 아침에 세면소까지 뛰어갔으며 두 시간 전에 점심 먹느라고 움직인 사람들인가? 나의 곤하여 둔하게 된 감각에도 눈이 쓰린 역한 냄새가 쏜다.

그들은 무얼 하러 여기 왔나? 바람 불고 잘 자리 있고 담배 있는 저 세상에서 무얼 하러 여기 왔나? 사랑스러운 손주가 있는 사람도 있겠지. 이쁜 아내가 있는 사람도 있겠지. 제가 벌어 먹이지 않으면 굶어죽을 어머니가 있는 사람도 있겠지. 그리고 그들은 자유로 먹고 마시고 바람을 쏘이고 자유로 자고 있었을 테다. 그러던 그들이 어떤 요구로 여기를 왔나?

그러나 지금의 그들의 머리에는 독립도 없고, 민족 자결도 없고, 자유도 없고, 사랑스러운 아내며 아들이며 부모도 없고, 또는 더위를 깨달을 만한 새로운 신경도 없다. 무거운 공기와 더위에 괴로움 받고 학대받아서 조그맣게 두개골 속에 웅크리고 있는 그들의 피곤한 뇌에 다만 한 가지의 바램이 있다 하면, 그것은 냉수 한 모금이었다. 나라를 팔고 고향을 팔고 친척을 팔고 또는 뒤에 이를 모든 행복을 희생하여서라도 바꿀 값이 있는 것은 냉수 한 모금밖에는 없었다.

즉 그때에 눈에 얼핏 떠오른 것은 (때때로 당하는 현상이거니와) 쫄쫄쫄쫄 흐르는 샘물과 표주박이었다.

"한 잔만 먹여다고, 제발……."

나는 누구에게 비는지 모르게 빌었다. 그리고 힘없는 눈을 또다시 몸과 몸이 서로 닿아 썩어서 몸에는 종기투성이요, 전 인원의 십분의 칠은 옴장이인 무리로 향하였다. 침묵의 끝없는 시간은 그냥 흐른다.

나는 도로 힘없이 앉았다.

"에, 더워죽겠다!"

마지막 '죽겠다' 는 말은 똑똑히 들리지 않도록 누가 토하는 듯이 말하였다. 그러나 아무도 거기 대꾸할 용기가 없는지 또 끝없는 침묵이 연속된다. 머리나 몸 가운데 어느 것이든 노동하지 않고는 사람은 못사는 것이다. 그 사람들이 몇 달 동안을 머리를 쓸 재료가 없이, 몸은 움직일 틈이 없이 지내왔으니 어찌 견딜 수 있을까? 그것도 이 더위에……

더위는 저녁이 되어가며 차츰 더하여진다. 모든 세포는 개개의 목숨을 가진 것같이 더위에 팽창한 몸의 한 부분이라고는 생각할 수가 없었다. 무겁고 뜨거운 공기가 허파에 들어갔다가 나올 때마다 더위는 더하여진다. 이러고야 어찌 열병 환자가 안 날까?

닷새 전에 한 사람이 병감으로 나가고, 그저께 또 한 사람 나가고, 오늘은 또 두 사람이 앓고 있다.

우리는 간수가 병인을 병감으로 데리고 나갈 때마다 부러운 눈으로 그들을 보았다. 거기에는 한 방에 여남은 사람밖에는 두지 않았다. 그리고 그들에게는 '물' 약을 주었다. 뿐만 아니라 그들은 맑은 공기를 마실 기회가 있었다.

"오늘이 일요일이지요?"

나는 변기(便器) 위에 올라앉아서 어두운 전등 밑에 이를 잡으면서 곁에 서 있는 사람에게 물었다. (우리는 하룻밤을 삼분(三分)하고 사람을 삼분하여 번갈아 잠을 자고, 남은 사람은 서서 기다리기로 하였다.)

"내가 압네까? 좋은 팁네다만, 삼일날인디 주일날인디……."

그러나 종소리는 그냥 땡 —땡 — 고요한 밤하늘에 울리어온다. 그것은 마치 '여기로 자유로 냉수를 마시고 넓은 자리에서 잘 수 있는 사람이 있다'는 것처럼…….

"사람의 얼굴이 보고 싶어서……."

"그래요. 정 사람의 얼굴이 보고파요."

"종소리 나는 저 세상에 물두 있을 테지. 넓은 자리도 있을 테지. 바람두, 바람두 불 테지……."

이렇게 나는 중얼거렸다.

"물? 물? 여보 말 마오. 나두 밖에 있을 땐 목마르믄 물도 먹고, 넓은 자리에서 잔 사람이외다."

그는 성가신 듯이 외면을 한다.

그 말을 듣고 보니 나도 밖에 있을 때에는 자유로 물을 먹었다. 자유로 버드렁거리며 잤다. 그러나 그것은 지나간 옛적의 꿈과 같이 머리에 남아 있을 뿐이다.

"아이스크림도 있구."

이번은 이편의 젊은 사람이 나를 꾹 찔렀다.

"아이스크림? 그것만? 여보 그것만? 내겐 마누라도 있소. 뜰의 유월도(六月桃)두 거반 익어갈 때요."

나는 이렇게 말하였다. 즉 아까 영감이 성가신 듯이 도로 나를 보며 말한다.

"마누라? 여보 젊은 사람이 왜 그리 철없는 소리만 하오? 난 아들이 둘씩이나 있었소. 나 들어온 지 두 달 반, 그것들이 죽지나 않았는지……."

서 있기로 된 사람 사이에는 한담이며 회고담들이 사귀어졌다.

그러나 우리들(자지 않고 서서 기다리기로 한) 가운데도 벌써 잠이 든 사람이 꽤 많았다. 서서 자는 사람도 있다. 변기 위 내 곁에 앉았던 사람도 끄덕끄덕 졸다가 툭 변기에서 떨어진 그대로 잔다. 아래 깔린 사람도 송장이 아닌 증거로는 한두 번 다리를 버둥거릴 뿐 그냥 잔다.

나도 어느덧 잠이 들었는지 모르겠다. 가슴이 답답하여 깨니까 (매일 밤 여러 번 겪는 현상이거니와) 내 가슴과 머리는 온통 남의 다리(수십 개의) 아래 깔려 있다. 그것들을 움으적 움으적 겨우 뚫고 일어나서 그냥 어깨에 걸려 있는 몇 개의 남의 자리를 치워 버리고 무거운 김을 배앝았다.

다리 진열장이었었다. 머리와 몸집은 어디 갔는지 방안에 하나도 안 보이고, 다리만 몇 겹씩 포개고 포개고 하여 있다. 저편 끝에서 다리가 하나 버드렁거리는가 하면, 이편 끝에서는 두 다리가 움질움질하고ㅡ. 그것도 송장의 것과 같은 시퍼런 다리를. 이 사람의 세계를 멀리 떠난 그들에게도 사람과 같은 꿈이 꾸어지는지 (냉수 마시는 꿈을 꾸는지 모르겠다) 때때로 다리들 틈에서 꿈 소리가 나온다.

아아! 그들도 집에 돌아만 가면 빈약하나마 제가 잘 자리는 넉넉할 것을…….

저편 끝에서 다리가 일여덟 개 들썩들썩 하더니 그 틈으로 머리가 하나 쑥 나오다가 긴 숨을 내어쉬고 도로 다리 속으로 스러진다. 그것을 어렴풋이 본 뒤에 나도 자려고 맥난 몸을 남의 다리에 기대었다.

아침 세수를 할 때마다 깨닫는 것은, 나는 결코 파래지지 않았다는 것이었다. 부었는지 살쪘는지는 모르지만, 하루 종일 더위에 녹고 밤새도록 졸음과 땀에게 괴로움 받은 얼굴을 상쾌한 찬물로 씻을 때마다 깨닫는 바가 이것이다. 거울이 없으니 내 얼굴은 알 수 없고 남의 얼굴은 점진적이라 모르지만 미끄러운 땀을 씻고 보둥보둥한 뺨을 만져볼 때마다 나는 결코 파래지지 않았다는 사실을 깨닫는다. 그리고 이 세수 뒤의 두세 시간이 우리들의 살림 가운데는 그중 값이 있는 시간이며, 그중 사람 비슷한 살림이었다. 이때뿐이 눈에는 빛이 있고 얼굴에는 산 사람의 기운이 있었다. 심지어는 머리도 얼마간 동작하며, 혹은 농담을 하는 사람까지 생기게 된다. 좀(단 몇 시간만) 지나면 모든 신경은 마비되고, 머리를 느리우며, 떠도 보지를 못하는 눈을 지리감고 끓는 기름과 같이 숨을 헐떡거릴 사람과 이 사람들 사이에는 너무 간격이 있었다.

"이따는 또 더워질 테지요?"

나는 곁의 사람에게 이렇게 말하였다.

"더워요? 덥긴 왜 더워? 이것 보구려. 오히려 추운 편인데……."

그는 엄청스럽게 몸을 떨어본 뒤에 웃는다.

아직 아침은 서늘한 유월 중순이었다. 캘린더가 없으니 날짜는 똑똑히 모르되 음력 단오를 좀 지난 때였었다. 하루 진일 받은 더위를 모두 발산한 아침은 얼마간 서늘하였다.

"노형, 어제 공판 갔댔지요?"

이렇게 나는 그 사람에게 물었다.

"예!"

"바깥 형편이 어떻습디까?"

"형편꺼정이야 알겠소? 그저 포플라두 새파랗구, 구름도 세차게 날아 다니구, 말하자면 다 산 것 같습니다. 땅바닥꺼정 움직이는 것 같구, 사람들도 모두 상판이 시커먼 것이 우리들 보기에는 도둑놈 관상입니다."

"그것을 한번 봤으면……."

나는 한숨을 쉬었다. 삼월 그믐 아직 두꺼운 솜옷을 입고야 지날 때에 여기 들어온 나는 포플라가 푸른빛이었는지 녹빛이었는지 똑똑히 모른다.

"노형도 수일 공판 가겠디오?"

"글쎄, 언제 한 번은 갈 테지요. 그런데 좋은 소식은 못 들었소?"

"글쎄, 어제 이야기한 거같이 쉬 독립된답니다."

"쉬?"

"한 열흘 있으면 된답니다."

나는 거기 대꾸를 하려 할 때에 곁방에서 담벽을 두드리는 소리가 들렸다. 그것은 ㄱㄴ과 ㅏㅑㅓㅕ를 수로 한 우리의 암호 신호였다.

"무엇이오?"

나는 이렇게 두드렸다.

"좋은 소식이 있소. 독립은 다 되었다오."

이때 곁 감방의 문 따는 소리에 암호는 뚝 끊어졌다.

"곁방에서 공판 갈 사람을 불러낸다. 오늘은……."

"노형 꼭 가디?"

"글쎄, 꼭 가야겠는데…… 사람도 보구 넓은 데를……."

그러나 우리 방에서는 어제 간수부장한테 매맞은 그 영감과 그밖에 영원 맹산 등지 사람 두셋이 불리어 나갈 뿐 나는 역시 그 축에서 빠졌다.

'언제든 한 번 간다.'

나는 맛없고 골이 나서 속으로 중얼거렸다. 그러나 그 '언제든'이 과연 언제일까? 오늘은 꼭, 오늘은 꼭, 이리하여 석 달을 미뤄 온 나였다. '영원'과 같이 생각되는 석 달을 매일 아침마다 공판 가기를 기다리면서 지내온 나였다. '언제 한 번'이란 과연 언제일까? 이런 석 달이 열 번 거듭하면 서른 달일 것이다.

"노형은 또 빠졌구려!"

"싫으면 그만두라지, 도둑놈들!"

"이제 한 번 안 가리까?"

"이제? 이제가 대체 언제란 말이오? 십 년을 기다려도 그뿐, 이십 년을 기다려도 그뿐……."

"그래도 한 번이야 안 가리까?"

"나 죽은 뒤에 말이오?"

나는 그에게까지 역정을 내었다.

좀 뒤에 아침밥을 먹을 때까지도 나의 마음은 자못 편치 못하였다. 그것은 바깥을 구경할 기회를 빨리 지어주지 않는 관리에게 대함이라기보다 오히려 공판에 불리어 나가게 된 행복한 사람들에게 대한 무서운 시기에 가까운 것이었다.

점심을 먹고 비린내 나는 냉수를 한 대접 다 마신 뒤에, 매일 간수의 눈을 기어나면서 장난하는 바와 같이 밥그릇을 당겨서 거기 아직 붙어 있는 밥알을 모두 긁어서 이기기 시작하였다. 갑갑하고 답답하고, 서로 이야기하는 것을 허락치 않고, 공상을 하자 하여도 벌써 재료가 없어진 우리가 가질 수 있는 다만 하나의 오락이 이것이었다.

때가 묻어서 새까맣게 될 때는 그 밥알은 한 덩어리의 떡으로 변한다. 그 떡은 혹은 개 혹은 돼지, 때때로는 간수의 모양으로 빚어져서, 마지막에는 변기 속으로 들어간다.

한창 내 손속에서 움직이던 떡 덩이는 —— 뿔은 좀 크게 되었지만 한 마리의 얌전한 소가 되어 내 무릎 위에 섰다. 나는 머리를 들었다.

아직 장난에 취하여 몰랐지만 해는 어느덧 또 무르녹기 시작하였다. 빈대 죽인 피가 여기저기 묻은 양회 담벽에는 철창 그림자가 똑똑히 그려져 있다. 사르는 듯한 더위는 등지고 있는 창 밖에서 등을 태우고, 안고 있는 담벽에서 반사하여 가슴을 태우고, 곁에 빽빽이 사람의 열기로 온몸을 썩인다. 게다가 똥오줌 무르녹은 냄새와 살 썩은 냄새와 옴약 내에 매일 수없이 흐르는 땀 썩은 냄새를 합하여, 일종의 독가스를 이룬 무거운 기체는 방에 가라앉아서 환기까지 되지 않았다. 우리의 피곤해서 둔하게 된 감각으로도 넉넉히 깨달을 수 있는 역한 냄새였다. 간수가 가까이 와서 들여다보지 않는 것도 당연한 일이었다.

그러고 보니 생각나거니와 나 — 뿐 아니라 온 사람의 몸에는 종기투성이였다. 가득 차고 일변 증발하는 변기 위에 올라앉아서 뒤를 볼 때마다 역정 나는 독한 습기가 엉덩이에 묻어서 거기서 생긴 종기를 이와 빈대가 온몸에 퍼져서 종기투성이가 아닌 사람이 없었다.

땀은 온몸에서 뚝 뚝 — 이라는 것보다 좔좔 흐른다.

"에 — 땀."

나는 힘없이 중얼거렸다. 이상한 수수께끼와 같은 일이었다. 밥 먹은 뒤에 냉수를 벌컥벌컥 마시면, 이삼십 분 뒤에는 그 물이 모두 땀으로 되어 땀구멍으로 솟는다.

폭포와 같다 하여도 좋을 땀이 목과 가슴으로 흘러서, 온몸에 벌레 기어 다니는 것같이 그 불쾌함은 말할 수가 없다. 그러나 땀을 씻는 사람은 하나도 없다. 손가락 하나라도 움직이면 초열지옥에라도 떨어질 것같이 흐르는 땀을 씻으려는 사람도 없다.

'얼핏 진찰감에 보내어 다고.'

나의 피곤한 머리는 이렇게 빌었다. 아침에 종기를 핑계 삼아 겨우 빌어서 진찰하러 간 사람 축에 든 나는 지금 그것밖에는 바랄 것이 없었다. 시원한 공기와 넓은 자리를(다만 이십 분 동안이라도) 맛보는 것은, 여간한 돈이나 명예와도 바꿀 수 없는 귀중한 것이었다. 그뿐만 아니라 입감이라도 안부는커녕 어느 감방에 있는지도 모르는 아우의 소식을 알는지도 모르겠다.

즉 뜻하지 않게 눈에 떠오른 것은 집안의 일이었다. 희다 못하여 노랗게까지 보이는 햇빛에 반사하는 양회 담벽에 먼저 담배와 냉수가 떠오르고 나의 넓은 자리가(처음 순간에는 어렴풋하였지만) 똑똑히 나타났다. (어찌하여 그런 조그만 일까지 똑똑히 보였던지 아직껏 이상하게 생각하거니와) 파리 한 마리가 성냥갑에서 담배갑으로, 도로 성냥갑으로 왔다갔다 한다.

"쌍!"

나는 뜨거운 기운을 배앝았다.

'파리까지 자유로 날아다닌다.'

성내려야 성낼 용기도 없어진 머리로 억지로 성을 내고, 눈에서 그 그림자를 지워버리려 하였다. 그러나 담배와 냉수는 곧 없어졌지만, 성가신 파리는 끝끝내 떨어지지를 않았다.

나는 손을 들어서 (마치 그 파리를 날리려는 것 같이) 두어 번 얼굴을 비빈 뒤에 맥없이 아까 만든 소만 쥐었다.

공기의 맛이 달다고는, 참으로 경험해 보지 못한 사람은 뜻하지도 못할 일일 것이다. 역한 냄새 나는 뜨거운 기운을 배앝고 달고 맑은 새 공기를 들이마시는 처음 순간에는 기절할 듯이 기뻤다.

서늘한 좋은 일기였다. 아까는 참말로 더웠는지, 더웠으면 그 더위는 어디로 갔는지, 진찰감으로 가는 동안 오히려 춥다 하여도 좋을 만치 서늘하였다.

그러나 그보다도 더 기쁜 것은 거기서 아우를 만난 일이었다.

"어느 방에 있니?"

나는 머리를 간수에게 향한 채로 조그만 소리로 물었다.

"사감 이방에……."

나는 좀 있다가 또 물었다.

"몇 사람씩이나 있니? 덥지?"

"모두들 살이 뚱뚱 부었어……."

"도둑놈들. 우리 방엔 사십여 인이 있다. 몸뚱이가 모두 썩는다. 집엔 오히려 널거서 걱정인 자리가 있건만. 너 그새 앓지나 않었니?"

"감옥에선 앓을래야 병이 안 나. 더워서 골치만 쏘디……."

"어떻게 여기(진찰감) 왔니?"

"배 아프다구 거줏뿌리 하구……."

"난 종기투성이다. 이것 봐라."

하면서 나는 바지를 걷고 푸릿푸릿한 종기를 내어놓았다.

"그런데 너의 방엔 옴쟁이는 없니?"

"왜 없어……."

그는 누구도 옴쟁이고 누구도 옴쟁이고, 알 이름 모를 이름 하여 한 일여덟 사람 부른다.

"그런데 집에서 면회는 왜 안 오는디……."

"글쎄 말이다. 모두들 죽었는지……."

문득 아직껏 생각이나 하여보지 않은 일이 머리에 떠오른다. 석달 동안을 바깥사람이라고는 간수들밖에 만나 보지 못한 우리에게는 바깥이 어떤 형편인지는 모를 지경이었다. 간혹 재판소에 갔다 오는 사람도 있기는 하지만, 거기 다니는 길은 야외라, 성 안 형편은 아직 우리가 여기 들어올 때와 같이 음울한 기운이 시가를 두르고, 삼점은 모두 철전을 하고 있는지, 또는 전과 같이 거리에는 흥정이 있고, 집안에는 웃음소리가 퍼지며, 예배당에는 결혼하는 패도 있으며, 사람들은 석 달 전에 일어난 그 사건을 거반 잊고 있는지, 보기는커녕 알지도 못하는 일이었다. 일가나 친척의 소소한 일은 더구나 모를 일이었다.

"다 무슨 변이 생겼나 부다."

"그래도 어제 공판 갔던 사람이 재판소 앞에서 맏형을 봤다는데……."

아우는 근심스러운 얼굴로 이렇게 말하였다. 그러나 그 아우의 마지막 '봤다는 데' 라는 말과 함께,

"천 십 칠 호!"

하고 고함치는 소리가 귀에 울리었다. 그것은 내 번호였다.

"네!"

"딘찰."

나는 빨리 일어서서 의사의 앞으로 갔다.

"오데가 아파?"

"여기요."

하고 나는 바지를 벗었다. 의사는 내가 내어놓은 엉덩이와 넓적다리를 걸핏 들여다보고 '요만 것을⋯⋯' 하는 듯 얼굴로 말없이 간수병에게 내어 맡긴다. 거기서 껍진껍진한 고약을 받아서 되는 대로 쥐어바르고 이번엔 진찰 끝난 사람 축에 앉았다.

이때에 아우는 자기 곁에 앉은 사람과 (나 앉은 데서까지 들리도록) 무슨 이야기를 둥둥 하고 있었다. 나는 깜짝 놀라서 간수를 보았다. 간수는 아우를 주목하는 모양이었다.

나는 기지개를 하는 듯이 손을 들었다. 아우는 못 보았다. 이번은 크게 기침을 하였다. 그러나 그는 못 들은 모양이었다. 가슴이 떨리기 시작하였다.

"알려야 할 테인데⋯⋯."

몸을 움즉움즉 하여보았지만, 그는 이야기에 정신이 팔려서 그냥 그치지 않고 하다가, 간수가 두어 걸음 자기에게 가까이 올 때에야 처음으로 정신을 차리고 시치미를 떼었다. 그러나 간수는 용서하지 않았다. 채찍의 날카로운 소리가 한 번 나는 순간, 아우는 어깨에 손을 대고 쓰러졌다.

피와 열이 한꺼번에 솟아올라 나는 눈이 아뜩하여졌다. 좀 있다가 감방으로 들어올 때에 재빨리 곁눈으로 아우를 보니 나를 보내는 그의 눈에는 눈물이 가득하여 있었다. 무엇이 어리고 순결한 그의 눈에 눈물을 고이게 하였나?

나는 바라고 또 바라던 달고 맑은 공기를 맛보기는 맛보았지만, 이를 맛보기 전보다 더 어둡고 무거운 머리를 가지고 감방으로 돌아오게 되었다.

저녁을 먹은 뒤에 더위에 쓰러져 있던 나는, 아직 내어가지 않은 밥그릇에서 젓가락을 꺼내어 손수건 좌우편 끝을 조금씩 감아서 부채와 같이 만들어 부쳐 보았다. 훈훈하고 냄새나는 바람이 땀 위를 살짝 스쳐서, 그래도 조금의 서늘함을 맛볼 수가 있었다. 이깟 지혜가 어찌하여 아직 안 났던고? 나는 정신 잃은 사람같이 팔을 들었다. 이 감방 안에서는 처음의 냄새는 나지만 약간의 바람이 벌레 기어 다니는 것같이 흐르던 가슴의 땀을 증발시키느라고 꿈같은 냉미를 준다. 천장에 딱 붙은 전등이 켜졌다. 그러나 더 위는 줄지 않았다. 손수건의 부채는 온 방안이 흉내 내어, 나의 뒷 사람으로 말미암아 등도 부쳐졌다. 썩어진 공기가 움직인다.

그러나 우리들의 부채질은 재판소에서 돌아오는 사람들 때문에 중지되지 않을 수 없었다. 우리 방에서 나갔던 서너 사람도 돌아왔다. 영원 영감도 송장 같은 얼굴로 돌아왔다.

나는 간수가 돌아간 뒤에 머리는 앞으로 향한 대로 손으로 영감을 찾았다.

"형편 어떻습디까?"

"모르갔소."

"판결은 어떻게 됐소?"

영감은 대답이 없었다. 그의 입은 바늘로 호라메우지나 않았나? 그러나 한참 뒤에 그는 겨우 대답하였다. 그의 목소리는 대단히 떨렸다.

"태형 구십 대랍니다."

"거 잘 됐구려! 이제 사흘 뒤에는 담배도 먹고 바람도 쏘이고…… 난 언제나……."

"여보, 잘 됐시오? 무어이 잘 되었단 말이오? 나이 칠십 줄에 들어서 태 맞으면…… 말하기도 싫소. 난 아직 죽기 싫어! 공소했세다."

그는 벌컥 성을 내어 내게 달려들었다. 그러나 그의 말을 들은 뒤에 이은 내 성도 그에게 지지를 않았다.

"여보! 시끄럽소. 노망했소? 당신은 당신이 죽겠다구 걱정하지만, 그래 당신만 사람이란 말이오? 이 방 사십여 명이 당신 하나 나가면 그만큼 자리가 넓어지는 건 생각지 않소? 아들 둘 다 총에 맞아 죽은 다음에 뒤상 하나 살아 있으면 무얼 해? 여보!"

나는 곁에 있는 다른 사람에게로 향하였다.

"여기 태형 언도에 공소한 사람이 있답니다."

나는 이상한 소리로 껄껄 웃었다.

다른 사람도 영감을 용서치 않았다. 노망하였다, 바보로다, 제몸만 생각한다, 내어쫓아라, 여러 가지의 평이 일어났다.

영감은 대답이 없었다. 길게 쉬는 한숨만 우리의 귀에 들렸다. 우리들도 한참 비웃은 후에는 기진하여 잠잠하였다. 무겁고 괴로운 침묵만 흘렀다.

바깥은 어느덧 어두워졌다. 대동강 빛과 같은 하늘은 온 세상을 뒤덮었다. 우리들의 입은 모두 바늘로 호라메우지나 않았나?

그러나 한참 뒤에 마침내 영감이 나를 찾는 소리가 겨우 침묵을 깨뜨렸다.

"여보!"

"왜 그러우?"

영감은 또 먹먹하다. 그러나 좀 뒤에 그는 다시 나를 찾았다.

"노형 말이 옳소. 아들 두 놈은 덩녕쿠 다 죽었세다. 난 나 혼자 이제 살아서 무얼 하갔소? 취하하게 해주소."

"진작 그럴 게지. 그럼 간수 부릅니다."

"그래 주소."

영감은 떨리는 목소리로 말했다.

나는 패통을 쳤다. 간수는 왔다. 내가 통역을 서서 그의 뜻(이라는 것보다 우리의 뜻)을 말하매 간수는 시끄러운 듯이 영감을 끌어내어 갔다.

자리에 돌아올 때에 방안 사람들의 얼굴을 보니, 그들의 얼굴에는 자리가 좀 넓어졌다는 기쁨이 빛나고 있었다.

모깡! 이것은 십여 일 만에 우리가 가질 수 있는 우리의 가장 큰 행복이다.

"모깡!"

간수의 호령이 들린 때에 우리들은 줄을 지어서 뛰어나갔다.

뜨거운 해에 쪼인 시멘트 길은 석 달 동안을 쉰 우리의 발에는 무섭게 뜨거웠다. 그러나 그것은 우리의 즐거움의 하나였었다. 우리는 그 길을 건너서 목욕통 있는 데로 가서 옷을 벗어던지고. 반고형(半固型)이라 하여도 좋을 꺼룩한 목욕물에 뛰어들었다.

무엇이라고 형용할 수 없는 즐거움이었었다. 곧 곁에는 수도가 있다. 거기서는 언제든 맑은 물이 나온다. 그것은 우리들의 머리에서 한때도 떠나 보지 못한 '달콤한 냉수'였다. 잠깐 목욕통에서 덤빈 나는 수도로 나와서 코끼리와 같이 물을 먹었다.

바깥에는 여러 복역수들이 일을 하고 있었다. 그것도 (갑갑함에 겨운) 우리들에게는 부러움의 푯대였다. 그들은 마음대로 바람을 쏘일 수가 있었다. 목마르면 간수의 허락을 듣고 물을 먹을 수가 있었다. 뿐만 아니라 그들에게는 갑갑함이 없었다.

즉 어느덧 그치라는 간수의 호령이 울리었다. 우리의 이십 초 동안의 목욕은 이에 끝났다. 우리는 (매를 맞지 않으려고) 시간을 유예치 않고 빨리 옷을 입은 후에 간수를 따라서 감방으로 돌아왔다.

꼭 가장 더울 시간이었다. 문을 닫는 순간 우리는 벌써 더위 속에 파묻혔다. 더위는 즐거움 뒤의 복수라는 듯이 용서 없이 우리를 내리쬔다.

"벌써 덥다!"

나는 혼잣말로 중얼거렸다.

"매를 맞구라도 좀더 있을걸……."

누가 이렇게 말한다. 서너 사람의 웃음 비슷한 소리가 들렸다. 그러나 그 뒤에는 먹먹하였다. 몇 시간 동안의 침묵이 연속되었다.

우리는 무서운 소리에 화다닥 놀랐다. 그것은 단말마의 부르짖음이었다.

"히도오쓰(하나), 후다아쓰(둘)."

간수의 세어 나가는 소리와 함께,

"아이구 죽겠다. 아이구, 아이구!"

부르짖는 소리가 우리의 더위에 마비된 귀를 찔렀다. 그것은 태 맞는 사람의 부르짖음이었다.

서른까지 세인 뒤에 간수의 소리는 없어지고 태 맞는 사람의 앓는 소리만 처량히 우리의 귀에 들렸다.

둘째 사람이 태형대에 올라간 모양이다.

"히도오쓰."

하는 간수의 소리에 연한 것은,

"아유!"

하는 기운 없는 외마디의 부르짖음이었다.

"후다아쓰."

"아유!"

"미이쓰(셋)."

"아유!"

우리는 그 소리의 주인공을 알았다. 그것은 어젯밤 우리가 내어 쫓은 그 영원 영감이었었다. 쓰린 매를 맞으면서도 우렁찬 신음을 할 기운도 없이 '아유' 외마디의 소리로 부르짖은 것은 우리가 억지로 매를 맞게 한 그 영감이었다.

"요오쓰(넷)."

"아유!"

"이쓰으쓰(다섯)."

"후—."

나는 저절로 목이 늘어지는 것을 깨달았다. 나의 머리에는 어젯밤 그가 이 방에서 끌려 나갈 때의 꼴이 떠올랐다.

"칠십 줄에 든 늙은이가 태 맞고 살길 바라갔소? 난 아무케 되든 노형들이나……."

그는 이 말을 채 맺지 못하고 초연히 간수에게 끌려 나갔다. 그러고 그를 내어쫓은 장본인은 이 나였었다.

나의 머리는 더욱 숙여졌다. 멀거니 뜬 눈에서는 눈물이 나오려 하였다. 나는 그것을 막으려고 힘껏 감았다. 힘있게 닫힌 눈은 떨렸다.

✳ 작품해설

「태형」은 제재 분류상 김동인 문학의 특성 중 하나인 민족 수난의 제재에 해당되는 작품이다. 「태형」은 '나'라는 주인공이 3·1만세 사건에 연루되어 옥고를 치르는 어려움을 이야기하는데, 작가는 이 작품을 통해 옥고를 치르는 과정을 중요하게 다루면서 일제 압정 아래 우리 민족의 고통을 비극적 옥살이에다 유추시키고 있다. 옥살이의 고통과 고뇌는 그것의 진단이 되기도 한다. 그 점에서 민족 전체의 삶과 관련되는 심각성을 제시한다.

M은 열심으로 찬성을 구하듯이 내 얼굴을 바라보았습니다. 얼마나 닮은 곳을 찾아보았기에 발가락 닮은 것을 찾아내었겠습니까? 나는 M의 마음과 노력에 눈물겨워졌습니다. 커다란 의혹 가운데서 그 의혹을 어떻게 하여서든 삭여 보려는 M의 노력은 인생의 가장 요절할 비극이었습니다.

발가락이 닮았다

노총각 M이 혼약을 하였다 ―.

우리들은 이 소식을 들을 때에 뜻하지 않고 서로 얼굴을 마주 보았습니다.

M은 서른두 살이었습니다. 세태가 갑자기 변하면서 혹은 경제 문제 때문에, 혹은 적당한 배우자가 발견되지 않기 때문에, 혹은 단지 조혼이라 하는 데 대한 반항심 때문에 늦도록 총각으로 지내 는 사람이 많아 가기는 하지만, 서른두 살의 총각은 아무리 생각 하여도 좀 너무 늦은 감이 없지 않았습니다. 그래서 그의 친구들 은 아직껏 기회가 있을 때마다 그에게 채근 비슷이 결혼에 대한 주의를 하고 하였습니다. 그러나 M은 언제나 그런 의논을 받을 때마다(속으로는 매우 흥미를 가진 것이 분명한데) 겉으로는 고소로써 친구들의 말을 거절하곤 하였습니다. 그러던 M이 우리가 모르는 틈에 어느덧 혼약을 한 것이외다.

M은 가난하였습니다. 매우 불안정한 어떤 회사의 월급쟁이였습니다. 이 뿌리 약한 그의 경제 상태가 그로 하여금 늙도록 총각으로 지내게 한 듯도 합니다. 그리고 이 때문에 친구들은 M의 총각 생활을 애석히 생각하여 장가들기를 권하는 것이었습니다.

그러나 나만은 M이 장가를 가지 않는 데 다른 종류의 해석을 내리고 있었습니다. 의사라는 나의 직업이 발견한 M의 육체적인 결함— 이것 때문에 M은 서른이 넘도록 총각으로 지낸다, 나는 이렇게 믿고 있었습니다.

M은 학생 시절부터 대단한 방탕 생활을 하였습니다. 방탕이라야 금전상의 여유가 부족한 그는 가장 하류에 속하는 방탕을 하였습니다. 오십 전 혹은 일 원만 생기면 즉시로 우동집이나 유곽(많은 창녀를 두고 손님을 맞아 매음을 하는 집)으로 달려가던 그였습니다. 체질상 성욕이 강한 그는 그 불붙는 정욕을 끄기 위하여 눈앞에 닥치는 기회는 한 번도 놓치지 않았습니다. 친구들을 만날지라도 음식을 한턱하라기보다 유곽을 한턱하라는 그였습니다.

"질로는 모르지만 양으로는 세계의 누구에게든 그다지 지지 않을 테다."

관계한 여인의 수효에 대하여 이렇게 방언하기를 주저치 않으리 만치 그는 선택이라는 도정을 밟지 않고 '집어 세었'습니다. 스물서너 살에 벌써 이백 명은 넘으리라는 것을 발표하였습니다. 서른 살 때는 벌써 괴승 신돈이를 멀리 눈 아래로 굽어보았을 것입니다. 그런지라 온갖 성병을 경험하지 못한 것이 없었습니다. 더구나 술이 억배요, 그 위에 유달리 성욕이 강한 그는 성병에 걸린 동안도 결코 삼가지를 않았습니다. 일 년 삼백육십여 일 그에게서 성병이 떠나 본 적이 없었습니다. 늘 농이 흐르고 한 달 건너큼 고환염으로서 걸음걸이도 거북스러운 꼴을 하여 가지고 나한테 주사를 맞으러 오곤 하였습니다. 그러는 동안에도 오십 전 혹은 일 원만 생기면 또한 성행위를 합니다. 이런지라, 물론 그는 생식 능력이 없어진 사람이었습니다.

이 일을 잘 아는 나는 M이 결혼을 안 하는 이유를 여기다가 연결시켜 가지고, 그의 도덕심(?)에 동정까지 하고 있었습니다. 일생을 빈곤한 가운데서 보내고, 늙은 뒤에도 슬하도 없이 쓸쓸하게 지낼 그, 더구나 자기를 봉양할 수가 없기 때문에 백발이 되도록 제 손으로 이 고해를 헤엄치어 나갈 그는 과연 한 가련한 존재이었습니다.

이렇던 M이 어느덧 우리의 모르는 틈에 우물쭈물 혼약을 한 것이외다.

하기는 며칠 전에 이런 일이 있었습니다. 그날 저녁을 먹은 뒤에 혼자서 신간 치료 보고서를 읽고 있을 때에 M이 찾아왔습니다. 그리고 비교적 어두운 얼굴로 내가 묻는 이야기에도 그다지 시원치 않은 듯이 입술엣 대답을 억지로 하고 있다가, 이런 질문을 나에게 던졌습니다.

"남자가 매독을 앓으면 생식을 못 하나?"

"괜찮겠지."

"임질은?"

"글쎄, 고환을 오까사레루하지(병균이 침입하지) 않으면 괜찮아."

"고환은 ─ 내 친구 가운데 고환염을 앓은 사람이 있는데, 인제는 생식을 못하겠다고 비관이 여간이 아니야. 고환을 오까사레루하면 절대 불가능한가? 양쪽 다 앓았다는데……."

"그것도 경하게 앓았으면 영향 없겠지."

"가령 그 경하다 치면, 내가 앓은 게 그게 경한 편일까? 중한 편일까?"

나는 뜻하지 않고 그의 얼굴을 보았습니다. 중하기도 그만치 중하게 앓은 뒤에, 지금 그게 경한 거냐 중한 거냐 묻는 것이 농담으로밖에는 들리지 않았으므로……. M의 얼굴은 역시 무겁고 어두웠습니다. 무슨 중대한 선고를 기다리는 사람과 같이 눈을 푹 내려뜨고 나의 대답을 기다리고 있었습니다. 잠시 그의 얼굴을 바라본 뒤에 나는 어이가 없어서

"아주 경한 편이지."

이렇게 대답하여 버렸습니다.

"경한 편?"

"그럼."

이리하여 작별을 하였는데, 지금에 이르러 생각하면 그 저녁의 그 문답이 오늘날의 그의 혼약을 이루게 하지 않았는가 합니다.

M이 혼약을 하였다는 기보(奇報)를 가지고 온 것은 T라는 친구였습니다. 그때는 마침 (다 M을 아는) 친구가 너덧 사람 모여 있을 때였습니다.

"골동 — 국보 하나 없어졌다."

누가 이런 비평을 가하였습니다. 나는 T에게 이렇게 물었습니다.

"그래 연애로 혼약이 된 셈인가요?"

"연애? 연애가 다 무에요? 갈보 나까이(술집의 여자 종업원)밖에는 여자라는 걸 모르는 녀석이, 어디서 연애의 대상을 구하겠소?"

"그럼 지참금이라도 있답디까?"

"지참금이란 뉘 집 애 이름이오?"

나는 여기서 이 혼약에 대하여 가장 불유쾌한 면을 보았습니다. 삼십이 넘도록 총각으로 지낸 그로서 연애라 하는 기묘한 정사 때문에 그 절(節)을 굽혔다면, 그것은 도리어 축하할 일이지 책할 일이 아니외다. 지참금을 바라고 혼약을 하였다 하더라도 지금의 세상에 살아가는 우리로서 (더구나 그의 빈곤을 잘 아는 처지인지라) 크게 욕할 수가 없는 일이외다. 그러나 연애도 아니요, 금전 문제도 아닌 이 혼약에서는 가장 불유쾌한 한 가지의 결론밖에는 얻을 수가 없습니다.

"그럼 —."

나는 가장 불유쾌한 어조로 이렇게 말하였습니다.

"유곽에 다닐 비용을 절약하기 위하여 마누라를 얻은 셈이구려."

이 혹평에 대하여 T는 마땅치 않다는 듯이 나를 보았습니다.

"그렇게 혹언할 것도 아니겠지요. M도 벌써 서른두 살이든가 세 살이든가, 좌우간 그만하면 차차로 자식도 무릎에 앉혀 보고 싶을 게고, 그렇다고 마땅할 마누라를 선택할 길이나 방법은 없고 —."

"자식? 고환염을 그만큼이나 심히 앓은 녀석에게 자식? 자식은 —."

불유쾌하기 때문에 경솔히도 직업적 비밀을 입 밖에 낸 나는 하던 말을 중도에 끊어 버렸습니다. 그러나 이미 한 말까지도 도로 삼킬 수가 없었습니다.

"네? 그게 무슨 말씀이오?"

M의 생식 능력에 대하여 사면에서 질문이 들어왔습니다. 이미 한 말에 대하여 책임을 지지 않을 수 없는 나는 그 말을 돌려 꾸미

기에 한참 애를 썼습니다. 단언할 수는 없지만 혹은 M은 생식 능력이 없을지도 모른다. 그러나 진찰을 안 해본 바이니까, 혹은 또 생식 능력이 있을지도 모른다. M이 너무도 싱거운 혼약을 한 데 대하여 불유쾌하여 그런 혹언을 하였지만 그 말을 취소한다. 이러한 뜻으로 꾸며대었습니다. 그리고 그 좌석에 있던 스무 살쯤 난 젊은이가,

"외려 일생을 자식 없이 지내면 편치 않아요?"

이러한 의견을 내는 데 대하여 '젊은이로서는 도저히 이해할 수 없는 혈족(피붙이)의 애정'이라는 문제와, 그 문제를 너무도 무시하는 요즘의 풍조에 대한 논평으로 말머리를 돌려버리고 말았습니다.

M은 몰래 결혼식까지 하였습니다. 그의 친구들로서 M의 결혼식 날짜를 미리 안 사람은 한 사람도 없었습니다. 뿐만 아니라 지금 모두들 제각기 하는 소위 신식 혼례식을 하지 않고, 제 집에서 구식으로 하였답니다. 모 여고보 출신인 신부는 구식 결혼이 싫다고 하였지만 M이 억지로 한 것이라 합니다.

이리하여 유곽에서는 한 부지런한 손님을 잃어버렸습니다.

"독점이라 하는 건 참 유쾌하던걸."

결혼한 뒤에 M은 어떤 친구에게 이런 말을 하였다 합니다. 비

록 연애로써 성립된 결혼은 아니지만 그다지 실패의 결혼은 아닌 듯하였습니다. 오십 전 혹은 일 원의 돈을 내어 던지고 순간적 성욕의 만족을 사던 이 노총각이 꿈에도 생각지 못한 독점을 하였으매 그의 긍지가 적지 않았을 것이외다. 연애결혼은 아니었지만 결혼한 뒤에 연애가 생긴 듯하였습니다. 언제든 음침한 이 기분이 떠돌던 그의 얼굴이 그럴싸해서 그런지 좀 밝아진 듯하였습니다.

"복 받거라."

우리들 — 더구나 나는 그들의 결혼을 심축하였습니다. 처음에는 한낱 M의 성행위의 기구로 M과 결합케 된 커다란 희생물인 그의 젊은 아내를 위하여, 이것이 행복된 결혼이 되기를 축수하였습니다. 동기는 여하컨 결과에 있어서 아름다운 열매를 맺어라. 너의 젊은 아내로서 한 개 '희생물'이 되지 않게 하여라. 어머니로서의 즐거움을 맛볼 기회가 없는 너의 아내에게, 그 대신 아내로서는 남에게 곱되는 즐거움을 맛보게 하여라. M의 일을 생각할 때마다 진심으로 이렇게 축수하였습니다.

신혼의 며칠이 지난 뒤부터는 M이 젊은 아내를 학대한다는 소문이 조금씩 들렸습니다. 완력을 사용한단 말까지 조금씩 들렸습니다. 그러나 나는 이 문제는 그다지 크게 생각지 않았습니다. 이런 소문이 귀에 들어올 때마다 나는 『아라비안나이트』의 마신(魔神)의 이야기를 머릿속에서 되풀이하여 보곤 하였습니다.

어떤 어부가 그물질을 하고 있었습니다. 그런데 한번은 그물을 끌어올리니까 거기에 고기는 없고, 그 대신 병이 하나 걸려 있었습니다. 병은 마개가 닫혀 있고, 그 위에 납으로 굳게 봉함까지 되어 있었습니다. 어부는 잠시 주저한 뒤에 병의 봉함을 뜯고 마개를 뽑아 보았습니다. 즉 병에서는 한 줄기 검은 연기가 하늘로 올라갔습니다. 그리고 하늘로 올라간 그 연기는 차차 뭉쳐서 거기는 커다란 마신이 나타났습니다.

"나를 이 병 속에 감금한 것은 선지자 솔로몬이다. 이 병 속에 갇혀 있는 동안 나는 스스로 맹세하였다. 백 년 안에 나를 구해 주는 사람이 있으면 그 사람에게 거대한 부(富)를 주겠다고. 그리고 백 년을 기다렸지만 아무도 나를 구해 주는 사람이 없었다. 그래서 나는 다시 맹세했다. 이제 다시 백 년 안으로 나를 구해 주는 사람이 있으면 나는 그 사람에게 이 세상에 있는 보배를 다 주겠다고. 그리고 헛되이 백 년을 더 기다린 뒤에 백 년을 더 연기해서 그 백 년 안에 나를 구해 주는 사람이 있으면, 그 사람에게 이 세상에서 가장 큰 권세와 영화를 주겠다고. ── 그러나 그 백 년이 다 지나도 역시 구해 주는 사람이 없었다. 그래서 나는 마지막으로 다시 맹세했다. 인제 누구든지 나를 구해 주는 놈이 있거든 당장에 그 놈을 죽여서 그새 갇혀 있던 그 분풀이를 하겠다고."

이것이 병 속에서 나온 마신의 이야기였습니다. M이 자기의 젊은 아내를 학대한다는 소문이 들릴 때에 나는 이 이야기를 생각지 않을 수가 없었습니다. 삼십이 지나도록 총각으로 지낸 그 고통과 고적함에 대한 분풀이를 제 아내에게 하는 것이라 했습니다. 그리고 실컷 학대해라, 더욱 축수하였습니다.

M이 결혼한 지 이 년이 거의 된 어떤 날 저녁이었습니다. 그와 나는 어떤 곳에서 저녁을 같이하고 있었습니다.

그의 얼굴은 이날 유난히 어둡고 무거웠습니다. 그는 음식에는 거의 손을 대지 않고 술만 들이키고 있었습니다. 본시 말이 많지 않은 그가 이날은 더욱 입이 무거웠습니다.

몹시 취하여 더 술을 먹지 못하리 만치 되어서 그는 처음으로 자발적으로 입을 열었습니다. 충혈이 된 그의 눈은 무시무시하게 번뜩였습니다.

"여보게, 여보게. 속이지 말구 진정으로 말해 주게. 내게 생식 능력이 있겠나?"

"글쎄, 검사를 해보아야지."

나는 이만치 하여 넘기려 하였습니다.

"그럼 한번 진찰해 봐주게."

"왜 갑자기 ―."

그는 곧 대답하려 하였습니다. 그러나 나오려던 말을 삼켰습니다. 그리고 다시 술을 한잔 먹은 뒤에 눈을 푹 내리뜨며 말했습니다 —

"아니, 다른 게 아니라 내게 만약 생식 능력이 없다면 저 사람(자기의 아내)이 불쌍하지 않나? 그래서 없는 게 판명되면 아직 젊었을 때에 헤져서 저 사람이 제 운명을 다시 개척할 '때'를 줘야지 않겠나? 그래서 말일세."

"진찰해 보아야지."

"그럼 언제 해보세."

그 며칠 뒤에 나는 M의 아내가 임신했다는 소문을 듣고 깜짝 놀랐습니다. 검사해 볼 필요도 없습니다. M은 그 능력이 없을 것입니다. 그런데 M의 아내는 임신했습니다.

그리고 며칠 전에 M이 검사하겠다던 마음을 짐작했습니다. 그것은 결코 그날의 제 말마따나 '아내의 장래를 위하여' 하려는 것이 아니고, 아내에게 대한 의혹 때문에 하여 보려는 것일 것이외다. 자기도 온전히 모르는 바는 아니로되, 십중팔구는 자기는 생식 불능자일 텐데 자기의 아내는 임신을 한 것이외다.

생각하면 재미있는 연극이외다. 생식 능력이 없는 M은 그런 기색도 뵈지 않고 결혼을 하였습니다. 그리하여 M에게로 시집을 온 새 아내는 임신을 하였습니다.

제 남편이 생식 불능자인 줄 모르는 아내는 뻐젓이 자기의 가진 죄의 씨를 M에게 자랑을 하고 있을 것이외다. 일찍이 자기가 생식 불능자인지도 모르겠다는 점을 밝혀 주지 않은 M은, 지금 이 의혹의 구렁이에서도 제 아내를 책할 권리가 없을 것이외다. 그가 검사를 하겠다 하나, 검사를 하여서 자기가 불구자인 것이 판명된 뒤에는 어떤 수단을 취할는지 짐작도 할 수가 없습니다. 아내의 음행을 책하자면 자기의 사기적 행위를 폭로시키지 않을 수가 없을 것이외다. 그것을 감추자면 제 번민만 더욱 크게 할 것이외다.

어떤 날, 그는 검사를 하자고 왔습니다. 그때 마침 환자가 몇 사람 밀려 있던 관계상 나는 그를 내 사실에 가서 좀 기다리라 하고, 환자 처리를 다 하고 내려갔습니다. 그랬더니 그는 나를 기다리지 않고 돌아가 버렸습니다. 이튿날 그는 다시 왔습니다. 그러나 그는 또 돌아가 버렸습니다.

나도 사실 어찌하여야 할지 똑똑히 마음을 작정치 못했던 것이외다. 검사한 뒤에 당연히 사멸해 있을 생식 능력을 살아 있다고 하자니, 그것은 나의 과학적 양심이 허락지 않는 바외다. 그러나 또한 사멸하였다고 하자니, 이것은 한 사람의 일생을 망쳐 버리는 무서운 선고에 다름없습니다. M이라 하는 정당한 남편을 두고도 불의의 쾌락을 취하는 M의 아내는 분명히 책받을 여인이겠지요. 그러나 또한 다른 편으로 이 사건을 관찰할 때에, 내가 눈을 꾹 감고 그릇된 검안을 내린다면, 그로 인하여 절대로 불가능하던 M이

슬하에 사랑스런 자식(?)을 두고 거기서 노후의 위안도 얻을 수 있을 것이요, 만사가 원만히 해결될 것이외다.

내가 자유로 선택할 수 있는 두 가지의 갈림길에 서서, 나는 어느 편 길을 취하여야 할지 판단을 주저하고 있었습니다. 이 문제가 사오 일 뒤에 저절로 해결이 되었습니다. 그날도 역시 침울한 얼굴로 찾아온 M에게 대하여, 나는 의리상

"오늘 검사해 보자나?"

하니깐 그는 간단히 대답하였습니다.

"벌써 했네."

"응? 어디서?"

"P병원에서."

"그래서 그 결과는?"

"살았다대."

"?"

나는 뜻하지 않고 그의 얼굴을 보았습니다. 그것은 의외의 대답을 들은 때문이라기보다 오히려 "살았다대" 하는 그의 음성이 너무 침통했기 때문에……

"그럼 안심이겠네."

이렇게 대답하는 동안 나는 내가 하마터면 질 뻔한 괴로운 임무에서 벗어난 안심을 느끼는 동시에, P병원에서의 검안의 의외에

눈을 크게 뜨지 않을 수가 없었습니다. 내 눈을 만난 M의 눈은 낭패한 듯이 이리저리 돌아다녔습니다. 그리고 나는 그 눈으로 그가 방금 한 말이 거짓말이었음을 알았습니다.

그럼 그는 왜 거짓말을 하였나? 자기의 아내의 명예를 보호하기 위하여? 세상과 제 마음을 속여 가면서라도 자식을 슬하에 두어 보기 위하여? 나는 그의 마음을 알 수가 없었습니다. ─그가 입을 열었습니다. 무겁고 침울한 음성이었습니다.

"여보게, 자네 이런 기모찌(기분) 알겠나?"

"어떤?"

그는 잠시 쉬어서 말을 시작했습니다.

"월급쟁이가 월급을 받았네. 받은 즉시로 나와서 먹고 쓰고 사고, 실컷 마음대로 돈을 썼네. 막상 집으로 돌아가는 길일세. 지갑 속에 돈이 몇 푼 안 남아 있을 것은 분명해. 그렇지만 지갑을 못 열어 봐. 열어 보기 전에는 혹은 아직은 꽤 많이 남아 있겠거니 하는 요행심도 붙일 수 있겠지만 급기야 열어 보면 몇 푼 안 남은 게 사실로 나타나지 않겠나? 그게 무서워서 아직 있거니, 스스로 속이네그려. 쌀도 사야지. 나무도 사야지. 열어 보면 그걸 살 돈이 없는 게 사실로 나타날 테란 말이지. 그래서 할 수 있는 대로 지갑에서 손을 멀리하고 제 집으로 돌아오네. 그 기모찌 알겠나?"

나는 머리를 끄덕이었습니다.

"알겠네."

그는 다시 입을 봉하였습니다. 그러나 그때에 나는 알았습니다. M은 검사도 하여 보지 않은 것이외다. 그는 무서워합니다. 그는 검사를 피합니다. 자기의 아내가 임신을 하였습니다. 그것은 상식으로 판단하여 물론 남편의 아이일 것이외다. 거기 대하여 의심을 품을 자는 하나도 없을 것이외다. 의심을 품을 필요도 없는 것이외다. 왜? 여인이 남편을 맞으면 원칙상 임신을 하는 것이 당연한 일이니깐.

이 의심할 필요가 없는 일을 의심하다가 향그럽지 못한 결과가 나타나면, 이것은 자작지얼로서 원망할 곳이 없을 것이외다. 벌의 둥지를 건드리는 것은 어리석은 것이외다. 십중팔구는 향그럽지 못한 결과가 나타날 '검사'를 M은 회피한 것이외다. 절망을 스스로 사지 않으려 ─ 그리고 번민 가운데서도 끝끝내 일루의 희망을 붙여 두려, M은 온전히 '검사'라는 위험한 벌의 둥지를 건드리지 않기로 한 것이외다. 그리고 상식으로 판단할 수 있는 (제 아내 뱃속에 있는) 자식에게 대하여 억지로 애정을 가져 보려 결심한 것이외다. 검사를 하여서 정충이 살아 있다면 다행한 일이지만, 사멸하였다면 이제 제 아내와의 새에 생길 비극과 분노와 절망은 둘째 두고라도, 일생을 슬하에 혈육이 없이 보내고 노후에 의탁할 곳을 가질 가능성조차 없는 절망의 지위에 빠지지 않을 수가 없을 것이외다.

이것은 무서운 일이외다. 상식으로 판단할 수 있는 거부하고까지 이런 모험 행위를 할 필요가 없을 것이외다. 이리하여 그는 검사는 단념했지만, 마음에 의혹만은 온전히 끄지를 못한 모양이었습니다. 그 뒤 어떤 날 그는 이런 이야기 저런 이야기 하다가 이런 말을 했습니다.

"자식은 꼭 제 애비를 닮는다면 좋겠구먼……."

거기 대하여 나는 닮은 예를 여러 가지로 들어서 말하여 주었습니다. 그는 한숨을 쉬었습니다.

"여인이 애를 배면 걱정일 테야. 아버지나 친할아비를 닮는다면 문제가 없겠지만 외편(외가 쪽)을 닮거나, 그렇지 않으면 아무고 닮지 않으면 걱정이 아니겠나? 그저 아비를 닮아야 제일이야. 하하하……."

나는 대답하였습니다.

"글쎄 말이지. 내 전문이 아니니깐 이름은 기억 못하지만, 독일 소설에 이런 게 있지 않나? 〈아버지〉라나 하는 희곡 말일세. 자식을 낳았는데 제 자식인지 아닌지 몰라서 번민하는 그런 이야기가 있지? 그것도 아버지만 닮으면 문제가 없겠지."

"아! 아, 다 구찮어."

M의 아내가 아들을 낳았습니다. 그 아이가 반 년쯤 자랐습니다.

어떤 날 M은 그 아이를 몸소 안고 병을 뵈러 나한테 왔습니다. 기관지가 조금 상하였습니다.

약을 받아 가지고도 그냥 좀 앉아 있던 M은 묻지도 않은 이런 말을 하였습니다.

"이놈이 꼭 제 증조부님을 닮았다거든."

"그래?"

나는 그의 말에 적지 않은 흥미를 느끼면서 이렇게 응했습니다. 내 눈으로 보자면, 그 어린애와 M과는 관련도 없는 바인데, 그 애가 M의 할아버지를 닮았다는 것은 기이함으로써…… 어린애의 친편과 외편의 근친에서 아무도 비슷한 사람을 찾아내지 못한 M의 친척은 하릴없이 예전의 조상을 들추어 낸 모양이었습니다. 그리고 그 어린애에게 커다란 의혹과 그보다 더 커다란 희망(의혹이 오해였던 것을 바라는)은 M으로 하여금 손쉽게 그 말을 믿게 한 모양이었습니다. 적어도 신뢰하려고 마음먹게 한 모양이었습니다.

내가 자기의 말에 흥미를 가지는 것을 본 M은 잠시 주저하다가 그가 예비했던 둘째 말을 마침내 꺼내었습니다.

"게다가 날 닮은 데도 있어."

"어디?"

"이 보게."

M은 어린애를 왼편 팔로 가만히 옮겨서 붙안으면서 오른손으로는 제 양말을 벗었습니다.

"내 발가락 보게. 내 발가락은 남의 발가락과 달라서, 가운뎃발가락이 그중 길어. 쉽지 않은 발가락이야. 한데—"

M은 강보를 들치고 어린애의 발을 가만히 꺼내어 놓았습니다.

"이놈의 발가락 보게. 꼭 내 발가락 아닌가. 닮았거든……."

M은 열심으로 찬성을 구하듯이 내 얼굴을 바라보았습니다. 얼마나 닮은 곳을 찾아보았기에 발가락 닮은 것을 찾아내었겠습니까? 나는 M의 마음과 노력에 눈물겨워졌습니다. 커다란 의혹 가운데서 그 의혹을 어떻게 하여서든 삭여 보려는 M의 노력은 인생의 가장 요절할 비극이었습니다. M이 보라고 내어놓은 어린애의 발가락은 안 보고 오히려 얼굴만 한참 들여다보고 있다가, 나는 마침내 이렇게 말하였습니다.

"발가락뿐 아니라 얼굴도 닮은 데가 있네."

그리고 나의 얼굴로 날아오는 (의혹과 희망이 섞인) 그의 눈을 피하면서 돌아앉았습니다.

「발가락이 닮았다」는 제재 분류상 김동인 문학의 특성인 개인의식과 삶의 인식 중 '남편과 아내의 갈등'에 해당되는 작품이다.

「발가락이 닮았다」는 자기의 생식과 친자임을 증명하려는 변형된 모습으로서의 자기 확대와 자기 신장에의 희유화로 이해할 수 있다.

노총각 M은 친구들 몰래 결혼했으나, 총각 때의 방탕 생활로 생식 능력을 상실했다. 결혼 2년 후의 어느 날 갓난애를 안고 친구인 나의 병원으로 찾아와 친자임을 확인받으려 애를 쓴다. 이를 의심하자 그는 애가 증조부를 닮았다고 말하고, 자기와는 가운데발가락이 닮았다고 우겨댄다.

아내의 부정을 의심하면서도 그것을 입증받으려는 모습이 눈물겹다. 애가 자기를 닮지 않은 데서 일종의 모욕감을 느끼고, 그로부터 분노하면서까지 친자 확인에의 딱한 자가 당착에서 우리는 또 다른 사회적 희유상을 접하게 된다. 이 또한 자아 실현에의 역설적 표현이기도 하다.

화도에 발을 들여놓은 지 근 사십 년, 부득이한 은둔 생활을 경영한 지 삼십 년, 여인에게로 소모되지 못한 정력은 머리로 모이고, 머리로 모인 정력은 손끝으로 뻗어서 종이에, 비단에 갈겨 던진 그림이 벌써 수천 점. 처음에는 그 그림에 대하여 아무 불만도 느껴보지 않았다.

광화사

인왕(仁王) ─.

바위 위에 잔솔이 서고 잔솔 아래는 이끼가 빛을 자랑한다.

굽어보니 바위 아래는 몇 포기 난초가 노란 꽃을 벌리고 있다. 바위에 부딪히는 잔바람에 너울거리는 난초잎.

여(余)는 허리를 굽히고 스틱으로 아래를 휘저어보았다. 그러나 아직 난초에는 사오 척의 거 리가 있다. 눈을 옮기면 계곡.

전면이 소나무의 잎으로 덮인 계곡이다. 틈틈이는 철색(鐵色)의 바위로 보이기는 하나, 나 무밑의 땅은 볼 길이 없다. 만약 여로서 그 자리에 한 번 넘어지면 소나무의 잎 위로 굴러 서 저편 어디인지 모를 골짜기까지 떨어질 듯하다.

여의 등 뒤에도 이삼 장(丈)이 넘는 바위다. 그 바위에 올라서면 무학(舞鶴)재로 통한 커다란 골짜기가 나타날 것이다. 여의 발아래도 장여(丈餘)의 바위다. 아래는 몇 포기 난초, 또 그 아래는 두세 그루의 잔솔, 바위 아래로부터는 가파른 계곡이다.

그 계곡이 끝나는 곳에는 소나무 위로 비로소 경성 시가의 한편 모퉁이가 보인다. 길에는 자동차의 왕래도 까맣게 보이기는 한다. 여전한 분요(紛擾)와 소란의 세계는 그곳에 역시 전개되어 있기는 할 것이다.

그러나 여기 지금 서 있는 곳은 심산이다. 심산이 가져야 할 온갖 조건을 구비하였다.

바람이 있고, 암굴이 있고, 산초 산화가 있고, 계곡이 있고, 샘물이 있고, 절벽이 있고, 난송(亂松)이 있고 — 말하자면 심산이 가져야 할 유수미(幽邃味)를 다 구비하였다.

본시는 이 도회는 심산 중의 한 계곡이었다. 그것을 오백 년간을 닦고 갈고 지어서 오늘날의 경성부를 이룬 것이다.

이러한 협곡에 국도(國都)를 창건한 이태조의 본의가 어디에 있었는지를 알 길이 없다. 그러나 오늘날의 한 산보객의 자리에서 보자면 서울은 세계에 유례가 없는 미도(美都)일 것이다.

도회에 거주하며 식후의 산보로서 풀대님 채로 이러한 유수(幽邃)한 심산에 들어갈 수 있다

하는 점으로 보아서 서울에 비길 도회가 세계에 어디 다시 있으랴.

회흑색(灰黑色)의 지붕 아래 고요히 누워 있는 오백 년의 도시를 눈 아래 굽어보는 여의 사위에는 온갖 고산식물이 난성(亂盛)하고 계곡에 흐르는 물소리와 눈 아래 날아드는 기조(奇鳥)들은 완연히 여로 하여금 등산객의 정취를 느끼게 한다.

여는 스틱을 바위틈에 꽂아 놓았다. 그리고 굴러 떨어지기를 면키 위하여 잔솔의 새에 자리 잡고 비스듬히 앉았다. 담배를 피우고 싶었으나 잠시의 산보로 여기고 담배도 안 가지고 나온 발이 더듬더듬 여기까지 미쳤으므로 담배도 없다.

시야의 한편에는 이삼 장의 바위, 다른 한편에는 푸르른 하늘, 그 끝으로는 솔잎이 서너 개 어렴풋이 보인다. 그윽히 코로 몰려들어오는 송진 내음새, 소나무에 불리는 바람소리 —.

유수키 짝이 없다. 여가 지금 앉아 있는 자리는 개벽 이래로 과연 몇 사람이나 밟아 보았을까. 이 바위 생긴 이래로 혹은 여가 맨 처음 발 대어본 것이 아닐까. 아까 바위를 기어서 이곳까지 올라오느라고 애쓰던 그런 맹랑한 노력을 하여본 바보가 여 이외에 몇 사람이나 있었을까. 그런 모험을 맛보기 위하여 심산을 찾아온 용사는 많을 것이로되 결사적 인왕 등산을 한 사람은 그리 많으리라고 생각되지 않는다.

등뒤 바위에는 암굴이 있다. 뱀이라도 있을까 무서워서 들어가

보지는 않았지만, 스틱으로 휘저어본 결과로도 세 사람은 넉넉히 들어가 앉아 있음직하다.

이 암굴은 무엇에 이용할 수가 없을까.

음모의 도시. 한양은 그새 오백 년간 별별 음흉한 사건이 연출되었다. 시가 끝에서 반시간 미만에 넉넉히 올 수 있는 이런 가까운 거리에 뚫린 암굴은, 있는 줄 알기만 하였으면 혹은 음모에 이용되지 않았을까.

공상!

유수한 맛에 젖어 있던 여는 이 암굴 때문에 차차 불쾌한 공상에 빠지기 시작하려 한다. 온갖 음모, 그 뒤를 잇는 살육·모함·방축, 이조 오백 년간의 추악한 모양이 여로 하여금 불쾌한 공상에 빠지게 하려 한다. 여는 황망히 이런 불쾌한 공상에서 벗어나려고 주머니에 담배를 뒤적이었다. 그러나 담배는 여전히 있을 까닭이 없었다.

다시 눈을 들어서 안하를 굽어보면 일면에 깔린 송초(松梢) —.

반짝!

보매 한 줄기의 샘이다. 소나무 틈으로 보이는 그 샘은 아마 바위틈을 흐르는 샘물인 듯, 똘똘똘똘 들리는 것은 아마 바람소리겠지. 저렇듯 멀리 아래 있는 샘의 소리가 이곳까지 들릴 리가 없다.

샘물!

저 샘물을 두고 한 개 이야기를 꾸며볼 수가 없을까. 흐르는 모양도 아름답거니와 흐르는 소리도 아름답고, 그 맛도 아름다운 샘물을 두고 한 개 재미있는 이야기가 여의 머리에 생겨나지 않을까. 암굴을 두고 생겨나려던 음모·살육의 불쾌한 공상보다 좀더 아름다운 다른 이야기가 꾸며나지 않을까.

여는 바위틈에 꽂았던 스틱을 도로 뽑았다. 그 스틱으로써 여의 발아래 바위를 가볍게 두드리면서 한 개 이야기를 꾸며보았다.

한 화공이 있다. 화공의 이름은? 지어내기가 귀찮으니 신라 때의 화성(畵聖)의 이름을 차용하여 솔거(率居)라 하여 두자. 시대는? 시대는 이 안하에 보이는 도시가 가장 활기 있고 아름답던 시절인 세종 성주의 때쯤으로 하여 둘까.

백악이 흘러내리다가 맺힌 곳. 거기는 한양의 정기를 한몸에 지닌 경복궁 대궐이 있다. 이 대궐의 북문인 신무문(神武門) 밖 우거진 뽕밭 새에 중로(中老)의 사나이가 오뇌(懊惱)스러운 얼굴을 하고 있다.

화공 솔거였다.

무르익은 여름, 뜨거운 볕은 뽕잎이 가리워 준다. 하나 훈훈한 기운은 머리 위 뽕잎과 땅에서 우러나서 꽤 무더운 이 뽕밭 속에 숨어 있는 화공, 자그마한 보따리에는 점심까지 싸가지고 온 것으로 보아 저녁까지 이곳에 있을 셈인 모양이다.

그러나 무얼 하는지? 단지 땀을 펑펑 흘리며 오뇌스러운 얼굴로 앉아 있을 뿐이다.

왕후친잠(王后親蠶)에 쓰이는 이 뽕밭은 잡인들이 다니지 못할 곳이다. 하루 종일을 사람의 그림자 하나 얼씬하지 않는다.

때때로 바람이 우수수하니 뽕나무 위로 불기는 하나 솔거가 숨어 있는 곳에는 한점의 바람도 들어오지 않는다. 이 무더운 속에 솔거는 바람이 불 적마다 몸을 흠칫흠칫 놀라며, 그러면서도 무엇을 기다리듯이 뽕나무 그루 아래로 저편 앞을 주시하고 있다.

이윽고 석양이 무악을 넘고 이 도시에도 황혼이 들었다.

날이 어둡기를 기다려서 이 화공은 몸을 숨겨 가지고 거기서 나왔다.

"오늘은 헛길, 내일이나 다시 볼까."

한숨을 쉬면서 제 오막살이를 찾아 돌아가는 화공. 날이 벌써 꽤 어두웠지만 그래도 아직 저녁빛이 약간 남은 곳에 내어놓은 이 화공은 세상에 보기 드문 추악한 얼굴의 주인이었다. 코가 질병자루 같다, 눈이 퉁방울 같다, 귀가 박죽 같다, 입이 나발통 같다, 얼굴이 두꺼비 같다 — 소위 추한 얼굴을 형용하는 온갖 형용사를 한 얼굴에 지닌 흉한 얼굴의 주인으로서 그 얼굴이 또한 굉장히도

커서 멀리서 볼지라도 그 존재가 완연하리 만하다.

이 얼굴을 가지고는 백주에는 나다니기가 스스로 부끄러울 것이다.

아닌 게 아니라 솔거는 철이 들은 이래 여태껏 백주에 사람 틈에 나다닌 일이 없었다.

일찍이 열여섯 살에 스승의 중매로서 어떤 양가 처녀와 결혼을 하였지만 그 처녀는 솔거의 얼굴을 보고 기절을 하고, 기절에서 깨어나서는 그냥 집으로 도망쳐버리고 ― 그 다음에 또 한 번 장가를 들어보았지만 그 색시 역시 첫날밤만 정신 모르고 치른 뒤에는 이튿날은 무서워서 죽어도 같이 못살겠노라고 부모에게 떼를 써서 두 번째의 비극을 겪고 ―.

이러한 두 가지의 사변을 겪고 난 뒤에 솔거는 차차 여인이라는 것을 보기를 피하여오다가 그 괴벽이 점점 자라서 나중에는 일체로 사람이란 것의 얼굴을 대하기가 싫어졌다.

사람을 피하기 위하여 ―그리고 또한 일방으로는 화도(畵道)에 정진하기 위하여, 인가를 떠나서 백악의 숲속에 조그마한 오막살이를 하나 틀고 거기 숨은 지 근 삼십 년. 생활에 필요한 물건 혹은 그림에 필요한 물건을 구하기 위하여 부득이 거리에 나가야 할 필요가 있을 때는 반드시 밤을 택하였다. 피할 수 없어 낮에 나갈 때는 방립을 쓰고 그 위에 얼굴을 베로 가리었다.

화도에 발을 들여놓은 지 근 사십 년, 부득이한 은둔 생활을 경영한 지 삼십 년, 여인에게로 소모되지 못한 정력은 머리로 모이고, 머리로 모인 정력은 손끝으로 뻗어서 종이에, 비단에 갈겨 던진 그림이 벌써 수천 점. 처음에는 그 그림에 대하여 아무 불만도 느껴보지 않았다.

하늘에서 타고난 천분과 스승에게서 얻은 훈련과 저축된 정력의 소산인 한 장의 그림이 생겨날 때마다 그것을 보면서 스스로 만족히 여기고 스스로 자랑스러이 여기던 그였다.

그러나 그런 과정을 밟기 이십 년에 차차 그의 마음에 움돋은 불만, 그것은 어떻게 보자면 화도에는 이단적인 생각일는지도 모를 것이다.

좀 다른 것은 그릴 수가 없는가.

산이다, 바다다, 나무다, 시내다, 지팡 짚은 노인이다, 다리다, 혹은 돛단배다, 꽃이다, 과즉 달이다, 소다, 목동이다.

이 밖에 그가 아직 그려본 것이 무엇이었던가.

유원(幽遠)한 맛, 단 한 가지밖에 없는 전통적 그림보다 좀더 다른 것을 그려보고 싶다.

여태껏 스승에게 배운 바의 백발백염(白髮白髯)의 노옹이나 피리 부는 목동 이외에 좀더 얼굴에 움직임이 있는 사람을 그려보고 싶다. 표정이 있는 얼굴을 그려보고 싶다.

이리하여 재래의 수법을 아낌없이 내어던진 솔거는 그로부터 십년 간을 사람의 표정을 그리느라고 세월을 보냈다.

그러나 사람의 세상을 멀리 떠나서 따로이 사는 이 화공에게는 사람의 표정이 기억에 까맣다.

상인들의 간특한 얼굴, 행인들의 덜난 무표정한 얼굴, 나무꾼들의 싱거운 얼굴, 그새 보고 지금도 대할 수 있는 얼굴은 이런 따위뿐이다. 좀더 색채 다른 표정은 없느냐.

색채 다른 표정!

색채 다른 표정!

이 욕망이 화공의 마음에 익고 커가는 동안 화공의 머리에 솟아오르는 몽롱한 기억이 있다.

지금은 거의 기억에서 사라졌지만 어린 시절에 자기를 품에 안고 눈물 글썽글썽한 눈으로 굽어보던 어머니의 표정이 가끔 한순간씩 그의 기억의 표면까지 뛰쳐 올랐다.

그의 어머니는 희세의 미녀였다. 대대로, 이후의 자손의 미(美)까지 모두 미리 빼앗았던지 세상에 드문 미인이었다.

화공은 이 미녀의 유복자였다.

아비 없는 자식을 가슴에 붙안고 눈물 머금은 눈으로 굽어보던 표정.

철이 들은 이래로 자기를 보는 얼굴에서는 모두 경악과 공포밖에는 발견하지 못한 화공에게는 사십여 년 전의 어머니의 사랑의 아름다운 얼굴이 때때로 몸서리치도록 그리웠다.

그것을 그려보고 싶었다.

커다란 눈에 그득히 담긴 눈물, 그러면서도 동경과 애무로서 빛나던 눈, 입가에 떠오르던 미소.

번개와 같이 순간적으로 심안(心眼)에 나타났다가는 사라지는 이 환영을 화공은 그려보고 싶었다.

세상을 피하고 숨어 살기 때문에 차차 삐뚤어진 이 화공의 괴벽한 마음에는 세상을 그리는 정열이 또한 그만치 컸다. 그리고 그것이 크면 크니만치 마음속에는 늘 울분과 불만이 차 있었다.

지금도 세상에서는 한창 계집 사내들이 서로 부둥켜안고 좋다고 야단할 것을 생각하고는 음울한 얼굴로 화필을 뿌리는 화공.

이러한 가운데서 나날이 괴벽하여 가는 이 화공은 한 개 미녀상 (美女像)을 그려보고자 노심하였다.

처음에는 단지 아름다운 표정을 가진 미녀를 그려보고자 하였다.

그러나 미녀를 가까이 본 일이 없는 이 화공이 마음대로 되지 않는 붓끝에 역정을 내며 있는 동안 차차 어느덧 미녀상에 대한 관념이 달라졌다.

자기의 아내로서의 미녀상을 그려보고 싶어졌다.

세상은 자기에게 아내를 주지 않는다.

보면 한 마리의 곤충, 한 마리의 날짐승도 각기 짝을 찾아 즐기고, 짝을 찾아 좋아하거늘 만물의 영장인 사람이 짝 없이 오십 년을 보냈다 하는 데 대한 불만이 일어났다.

세상놈들은 자기에게 한 짝을 주지 않고 세상 계집들은 자기에게 오려는 자가 없이 홀몸으로 일생을 보내다가 언제 죽는지도 모르게 이 산골에서 죽어버릴 생각을 하면 한심하기보다는 도리어 이렇듯 박정한 사람의 세상이 미웠다.

세상이 주지 않는 아내를 자기는 자기의 붓끝으로 만들어서 세상을 비웃어 주리라.

이 세상에 존재한 가장 아름다운 계집보다 더 아름다운 계집을 자기의 붓끝으로 그려서 못나고도 아름다운 체하는 세상 계집들을 웃어 주리라.

덜난 계집을 아내로 맞아 가지고 천하의 절색이라 믿고 있는 사내놈들도 깔보아 주리라.

너덧 명의 처첩을 거느리고 좋다꾸나 하고 춤추는 헌 놈들도 굽어보아 주리라.

미녀! 미녀!

─ 눈을 감고 생각하고 눈을 뜨고 생각하고 머리를 움켜쥐고 생

각해 보나 미녀의 얼굴이 어떤 것인지 알 수가 없었다. 물론 얼굴에 철요(凸凹)가 없고 이목구비가 제대로 놓였으면 세상 보통의 미인이라 한다. 그런 얼굴에 연지나 그리고 눈에 미소나 그려 넣으면 더 아름다워지기는 할 것이다. 이만 것은 상상의 눈으로도 볼 수가 있는 자며 붓끝으로 그릴 수도 없는 바가 아니다.

그러나 가만 어린 시절의 어머니의 얼굴을 순영적(瞬影的)으로나마 기억하는 이 화공으로서는 그런 미녀로는 만족할 수가 없었다.

오뇌의 불만 중에서 흐르는 세월은 일 년 또 일 년 무위히 흘러간다.

미녀의 아랫동이는 그려진 지 벌써 수년. 그 아랫동이 위에 올려 놓일 얼굴을 어떻게 하여야 할지 짐작도 가지 않았다.

화공의 오막살이 방안에 들어서면 맞은편에 걸려 있는 한 폭 그림은 언제든 어서 목과 얼굴을 그려주기를 기다리듯이 화공을 힐책한다.

화공은 이것을 보기가 거북하였다.

특별한 일이라도 있기 전에는 낮에 거리에 다니지를 않던 이 화공이 흔히 얼굴을 싸매고 장안을 돌아다녔다. 행여나 길에서라도 미녀를 만날까 하는 요행심으로였다. 길에서 순간적으로 마음에 드는 미녀를 볼 수만 있으면 머리에 똑똑히 캐치하여 그 기억으로써 화상을 그릴까 하는 요행심으로…….

그러나 내외법이 심한 이 도회에서 대낮에 양가의 부녀가 얼굴을 내놓고 길을 다니지는 않았다. 계집이라는 것은 하인배나 하류배뿐이었다.

하인배·하류배에도 때때로 미녀라 일컬을 자가 있기는 있었다. 그러나 아무리 산뜻한 미를 갖기는 했다 하나 얼굴에 흐르는 표정이 더럽고 비열하여 캐치할 만한 자가 없었다.

얼굴을 싸매고 거리로 방황하며 혹은 계집들이 많이 모이는 우물가며 저자를 비슬비슬 방황하며 어찌어찌하여 약간 예쁜 듯한 계집이라도 보이면 따라가면서 얼굴을 연구해 보곤 했으나 마음에 드는 미녀를 지금껏 얻어내지를 못하였다.

혹은 심규(深閨)에는 마음에 드는 계집이라도 있을까? 심규! 심규! 한 번 심규의 계집들을 모조리 눈앞에 벌여 세우고 얼굴 검사를 하여 보았으면…….

초조하고 성가신 가운데서 날을 보내고 날을 맞으면서 미녀를 구하던 화공은 마지막 수단으로 친잠상원(親蠶桑園)에 들어가서 채상(採桑)하는 궁녀의 얼굴을 얻어 보려 하였다. 그러나 불행히도 화공의 모험도 헛길로 돌아가고, 그날은 채상을 하러 오지도 않았다.

그러나 때 바야흐로 누에시절이라 견딜성 있게 기다리노라면 궁녀의 오는 날도 있을 것이다. 미녀 — 아내의 얼굴을 그리려는 욕망에 열이 오르고 독이 난 이 화공은 그 이튿날 또 뽕밭에 들어가 숨었다. 숨어 기다리지 않을 수 없었다.

그로부터 한달, 화공은 나날이 점심을 싸가지고 상원(桑園)으로 갔다. 그러나 저녁때 제 오막살이로 돌아올 때는 언제든지 그의 입에서는 기다란 탄식성이 나왔다.

궁녀를 못 본 바가 아니었다.

마치 여기 숨어 있는 화공에게 선보이려는 듯이 나날이 궁녀들은 번갈아 왔다. 한 떼씩 밀려와서는 옷소매 치맛자락을 펄럭이며 뽕을 따갔다. 한 달 동안에 합계 사오십 명의 궁녀를 보았다. 모두 일률로 미녀들이었다. 그리고 길가 우물가에서 허투루 볼 수 있는 미녀들보다 고아한 얼굴임에는 틀림이 없었다.

그러나 그 눈 — 화공이 보는 바는 그 눈이었다.

그 눈에 나타난 애무와 동경이었다. 철철 넘어 흐르는 사랑이었다. 그것이 궁녀에게는 없었다. 말하자면 세상 보통의 미녀였다.

자기에게 계집을 주지 않는 고약한 세상에게 보복하는 의미로 절세의 미녀를 차지하고자 하는 이 화공의 커다란 야심으로서는 그만 따위의 미녀로 만족할 수가 없었다.

오막살이로 돌아올 때마다 그의 입에서 나오는 기다란 한숨, 이런 한숨을 쉬기 한 달 ―. 그는 다시 상원에 가지 않았다.

가을 하늘 맑고 푸르른 어떤 날이었다.

마음속에 불만과 동경을 가득히 담은 이 화공은 저녁쌀을 씻으려 소쿠리를 옆에 끼고 시내로 더듬어 갔다.

가다가 문득 발을 멈추었다.

우거진 소나무 틈으로 보이는 시냇가 바위 위에 웬 처녀가 앉아 있다. 솔가지 틈으로 내리비치는 얼룩지는 석양을 받고 망연히 앉아서 흐르는 시냇물을 내려다보고 있다.

웬 처녀일까?

인가에서 꽤 떨어진 이곳, 사람의 동리보다 꽤 높은 이곳, 길도 없는 이곳 ― 아직껏 삼십 년간을 때때로 초부나 목동의 방문은 받아본 일이 있지만 다른 사람의 자취를 받아보지 못한 이곳에 웬 처녀일까?

화공도 망연히 서서 바라보았다. 바라볼 동안 가슴에 차차 무거운 긴장을 느꼈다.

한 걸음 두 걸음 화공은 발소리를 감추고 나아갔다. 차차 그 상거가 가까워 감을 따라서 분명하여 가는 처녀의 얼굴. 화공의 얼굴에는 피가 떠올랐다.

세상에 드문 미녀였다. 나이는 열일여덟, 그 얼굴 생김이 아름답다기보다 얼굴 전면에 나타난 표정이 놀랄 만큼 아름다왔다.

흐르는 시내에 눈을 부었는지, 귀를 기울였는지, 하여간 처녀의 온 주의력은 시내에 모여 있다. 커다랗게 뜨인 눈은 깜박일 줄도 잊은 듯한 황홀한 눈으로 시내를 굽어보고 있다.

남벽(藍碧)의 시냇물에는 용궁이 보이는가? 소나무 그루에 부딪혀서 튀어나는 바람에 앞머리를 약간 날리면서 처녀가 굽어보고 있는 것은 무엇인가?

처녀의 온 공상과 정열과 환희가 한꺼번에 모인 절묘한 미소를 눈과 입에 띠고 일심불란(一心不亂)히 처녀가 굽어보는 것은 무엇인가.

아아!

화공은 드디어 발견하였다. 그새 십 년간을 여항(閭巷)의 길거리에서 혹은 우물가에서 내지는 친잠상원에서 발견하여 보려고 애쓰다가 종내 달하지 못한 놀랄 만한 아름다운 표정을 화공은 뜻안한 여기서 발견하였다.

화공은 걸음을 빨리 하였다. 자기의 얼굴이 얼마나 더럽게 생겼는지, 이 처녀가 자기를 쳐다보면 얼마나 놀랄지, 이 점을 온전히 잊고 걸음을 빨리하여 처녀의 쪽으로 갔다.

처녀는 화공의 발소리에 머리를 번쩍 들었다. 화공을 바라보았다. 그 무한히 먼 곳을 바라보는 듯한 기묘한 눈을 들어서 ―.

"아아……."

가슴이 무둑하여 무슨 말을 하여야 할지 망설이며 화공이 반벙어리 같은 소리를 할 때에 처녀가 먼저 입을 열었다.

"여기가 어디오니까?"

여기가 어디?

"여기가 인왕산록 이름도 없는 산이지만 너는 웬 색시냐?"

"네……"

문득 떠오르는 적적한 표정.

"더듬더듬 시내를 따라왔습니다."

화공은 머리를 기울였다. 몸을 움직여 보았다. 무한히 먼 곳을 바라보는 듯한 처녀의 눈은 그냥 움직임 없이 커다랗게 뜨여 있기는 하지만 어디를 보는지 무엇을 보는지 알 수가 없다.

드디어 화공은 부르짖었다!

"너 앞이 보이느냐?"

"소경이올시다."

소경이었다. 눈물 머금은 소리로 하는 대답을 듣고 화공은 좀더 가까이 갔다.

"앞도 못 보면서 어떻게 무엇 하러 예까지 왔느냐?"

처녀는 머리를 푹 수그렸다. 무슨 대답을 하는 듯하였으나 화공은 알아듣지 못하였다. 그러나 화공으로 하여금 저으기 호기심을 잃게 한 것은 처녀의 얼굴이 아까와 같은 놀라운 매력 있는 표정이 없어진 것이었다.

그만하면 보기 드문 미인임에는 틀림이 없다. 그러나 아까 화공이 그렇듯 놀란 것은 단지 미인인 탓이 아니었다. 그 얼굴에 나타난 놀라운 매력에 끌린 것이었다.

"불쌍도 하지. 저녁도 가까워오는데 어둡기 전에 집으로 나려가거라."

이만치 하여 화공은 처녀를 포기하려 하였다. 이 말에 처녀가 응하였다.

"어두운 것은 탓하지 않습니다마는 황혼은 매우 아름답지요?"

"그럼 아름답구말구."

"어떻게 아름답습니까?"

"황금빛이 서산에서 줄기줄기 비치는구나. 거기 새빨갛게 물들은 천하 — 푸르른 소나무도, 남빛 바위도, 검붉은 나무 그루도, 모두 황금빛에 잠겨서……"

"황금빛은 어떤 것이고 새빨간빛과 붉은빛은 모두 어떤 빛이오니까? 밝은 세상이라지만 밝은 빛과 붉은빛이 어떻게 다릅니까? 이 산 경치가 아름답다는 소문을 듣고 더듬어왔습니다마는 바람소리, 돌물소리, 귀로 들리는 소리밖에는 어디가 아름다운지 알수가 없습니다."

차차 다시 나타나는 미묘한 표정, 커다랗게 뜨인 눈에 비치는 동경의 물결, 일단 사라졌던 아름다운 표정은 다시 생기가 비롯하였다.

화공은 드디어 처녀의 맞은편에 가 앉았다.

"이 샘줄기를 따라 내려가면 바다가 있구, 바닷속에는 용궁이 있구나. 칠색 비단을 감은 기둥과 비취를 아로새긴 댓돌이며 황금으로 만든 풍경(風磬), 진주로 꾸민 문설주……"

마주 앉아서 엮어 내리는 이 화공의 이야기에 각일각 더욱 황홀하여 가는 처녀의 눈이었다. 화공은 드디어 이 처녀를 자기의 오막살이로 데리고 돌아갈 궁리를 하였다.

"내 용궁의 이야기를 들려주마. 너의 집에서 걱정만 안하실 것 같으면……"

화공이 이렇게 꾈 때에 처녀는 그의 커다란 눈을 들어서 유원(幽園)히 하늘을 우러러보면서 자기네 부모는 병신 딸 따위는 없어져도 근심을 안한다고 쾌히 화공의 뒤를 따랐다.

일사천리로 여기까지 밀려오던 여(余)의 공상은 문득 중단되었다. 이야기를 어떻게 진전시키나?

잡념이 일어난다. 동시에 여의 귀에 들리어 오는 한 절의 유행가. 여는 머리를 들었다. 저편 뒤 어디 잡인들이 온 모양이다. 그

분요(紛擾)가 무의식중에 귀로 들어와서 여의 집중되었던 머리를 헤쳐 놓는다.

귀찮은 가사(歌師)들이여, 저주받을 가사들이여.

이 저주받을 가사들 때문에 중단된 이야기는 좀처럼 다시 모이지 않았다.

그러나 결말 없는 이야기가 어디 있으랴. 어찌되었든 결말은 지어야 할 것이 아닌가. 그러면 그 화공은 처녀를 데리고 제 오막살이로 돌아와서 용궁 이야기를 들려주면서 그동안에 처녀의 얼굴을 그대로 그려서 십 년래의 숙망을 성취하였다는 결말로 맺어 버릴까?

그러나 이런 싱거운 결말이 어디 있으랴. 결말이 되기는 되었지만 이따위 결말을 짓기 위하여 그런 서두(序頭)는 무의미한 거다.

그러면? 그럼 다르게 결말을 맺어 볼까?

화공은 처녀를 제 오막살이로 데리고 돌아왔다. 그리고 처녀에게 용궁 이야기를 들려주었다.

그러나 아까 용궁 이야기를 초벌 들은 처녀는 이번은 그렇듯 큰 감흥도 느끼지 않는 모양으로 그다지 신통한 표정도 보이지 않았다. 화공의 계획은 수포로 돌아갔다. 화공은 그 그림을 영 미완품인 채로 남기지 않을 수 없었다.

역시 마음에 들지 않는 결말이었다. 그럼 또다시 ─.

화공은 처녀를 데리고 돌아왔다. 돌아와서 처녀를 보면 볼수록 탐스러워서 그림은 집어 치우고 처녀를 아내로 삼아 버렸다. 앞을 못 보는 처녀는 추하게 생긴 화공에게도 아무 불만이 없이 일생을 즐겁게 보냈다. 그림으로나 아내를 얻으려던 화공은 절세의 미녀를 아내로 얻게 되었다······.

　역시 불만이다.

　귀찮고 성가시다. 저주받을 유행가사(流行歌師)여!

　여는 일어났다. 감흥을 잃은 이 자리에 그냥 앉아 있기는 싫었다. 그냥 들리는 유행가······. 그것이 안 들리는 곳으로 자리를 옮기자.

　굽어보매 저 멀리 소나무 틈으로 한 줄기 번득이는 것은 아까의 샘물이다. 그 샘물로, 가장 이 이야기의 원천이 된 그 샘으로 내려가자.

　벼랑을 내려가기는 올라가기보다 더 힘들었다. 올라가는 것은 올라가다가 실수하여 떨어지면 과즉 제자리에 내린다. 그러나 내려가다가 발을 실수하면 어디까지 굴러갈지 예측할 길이 없다. 잘못하다가는 청운동 어귀까지 굴러 갈는지도 모를 일이다. 게다가 올라갈 때에는 도움이 되던 스틱조차 내려갈 때에는 귀찮기 짝이 없다.

반각이나 걸려서 여는 드디어 그 샘가에 도달하였다. 샘가에는 과연 한 개의 바위가 사람 하나 앉기 좋을 만한 자리가 있다. 이 바위가 화공 쌀 씻던 바위일까? 처녀가 앉아서 공상하던 바위일까? 그 아래를 깊은 남벽(藍碧)으로 알았더니 겨우 한 뼘 미만의 얕은 물로서 바위를 기운 없이 똘똘 흐르고 있다.

그러나 이 골짜기는 고요하기 짝이 없었다. 바람소리도 멀리 위에서만 들린다. 그리고 소나무와 바위에 둘러싸여서 꽤 음침한 이 골짜기는 옛날 세상을 피한 화공이 즐겨하였음직하다.

자, 그러면 이 골짜기에서 아까 그 이야기의 꼬리를 마저 지을까―.

화공은 처녀를 데리고 오막살이로 돌아왔다.

그의 마음은 너무도 긴장되고 또한 기뻐서 저녁도 짓기 싫었다. 들어와 보매 벌써 여러 해를 머리 달리기를 기다리는 족자(簇子)의 여인이 몸집조차 흔연히 화공을 맞는 듯하였다.

"자, 거기 앉아라."

수년간 화공을 힐책하던 머리 없는 그림이 화공의 앞에 펴졌다. 단청도 준비되었다.

터질 듯 울렁거리는 마음으로 폭 앞에 자리를 잡은 화공은 빛이 비치도록 남향하여 처녀를 앉히고 손으로는 붓을 적시며 이야기를 꺼냈다.

벌써 황혼은 인제 얼마 남지 않은 오늘 해로써 숙망을 달하려 하는 것이었다. 십 년간을 벼르기만 하면서 착수를 못했기 때문에 저축되었던 화공의 힘은 손으로 모였다.

"그리구…… 알겠지?"

눈으로는 처녀의 얼굴을 보며, 입으로는 용궁 이야기를 하며, 손은 번개같이 붓을 둘렀다.

"용궁에는 여의주라는 구슬이 있구나. 이 여의주라는 구슬은 마음에 있는 바에 도달할 수 있는 보물로서 구슬을 네 눈 위에 한 번 굴리면 너도 광명한 일월을 보게 된다."

"네? 그런 구슬이 있습니까?"

"있구말구. 네가 내 말을 잘 듣고 있기만 하면 수일 내로 너를 데리고 용궁에 가서 여의주를 빌려서 네 눈도 고쳐 주마."

"그러면 저도 광명한 일월을 볼 수가 있겠습니까?"

"그럼. 광명한 일월, 무지개라는 칠색이 영롱한 기묘한 것, 아름다운 수풀, 유수한 골짜기, 무엇인들 못 보랴!"

"아이구, 어서 그 여의주를 구해서……"

아아, 놀라운 아름다운 표정이었다. 화공은 처녀의 얼굴에 나타나 넘치는 이 놀라운 표정을 하나도 잃지 않고 화폭 위에 옮겼다.

황혼은 어느덧 밤으로 변하였다. 이때는 여인에게는 단지 눈동자가 그려지지 않았을 뿐 그 밖의 것은 죄 완성이 되었다.

눈동자까지 그리고 싶었다. 그러나 이 그림의 생명을 좌우할 눈동자를 그리기에는 날은 너무도 어두웠다. 눈동자 하나쯤이야 밝는 날로 남겨 둔들 어떠랴. 하여간 십 년 숙망을 겨우 달한 화공의 심사는 무엇에 비기지 못하도록 기뻤다.

"아—아!"

이 탄성은 오래 벼르던 일이 끝난 때에 나는 기쁨의 소리였다.

이 일단의 안심과 함께 화공의 마음에는 또 다른 긴장과 정열이 솟아올랐다.

꽤 어두운 가운데서 처녀의 얼굴을 유심히 보기 위하여 화공이 잡은 자리는 처녀의 무릎과 서로 닿을 만큼 가까웠다. 그림에 대한 일단의 안심과 함께 화공의 코로 몰려 들어오는 강렬한 처녀의 체취와 전신으로 느끼는 처녀의 접근 때문에 화공의 신경은 거의 마비될 듯싶었다. 차차 각일각 몸까지 떨리기 시작하였다. 어두움 가운데서 황홀스러이 빛나는 커다란 눈과 정열로 들먹거리는 입술은 화공의 정신까지 혼미하게 하였다.

밝은 날, 화공과 소경 처녀의 두 사람은 벌써 남이 아니었다.

"오늘은 동자를 완성시키리라."

삼십 년의 독신 생활을 벗어버린 화공은 삼십 년간을 혼자 먹던 조반을 소경 처녀와 같이 먹고 다시 그림폭 앞에 앉았다.

"용궁은?"

기쁨으로 빛나는 처녀의 눈! 그러나 화공의 심미안에 비친 그 눈은 어제의 눈이 아니었다.

아름답기는 다시없는 아름다운 눈이었다. 그러나 그 눈은 사내의 사랑을 구하는 '여인의 눈'이었다. 병신이라 수모받던 전생을 벗어 버리고 어젯밤 처음으로 인생의 봄을 맛본 처녀는 인제는 한 개의 지어미의 눈이요, 한 개의 애욕의 눈이었다.

"용궁은?"

"용궁에 어서 가서 여의주를 얻어서 제 눈을 띄어주세요. 밝은 천지도 천지려니와 당신이 어서 눈뜨고 보고 싶어!"

어젯밤 잠자리에서 자기는 스물네 살 난 풍신 좋은 사내라고 자랑한 화공의 말을 그대로 믿는 소경이었다.

"응, 얻어주지. 그 칠색이 영롱한—."

"그 칠색이 어서 보고 싶어요."

"그래그래. 좌우간 지금 머리로 생각해 보란 말이야."

"네, 참 어서 보고 싶어서—."

굽어보면 무릎 앞의 그림은 어서 한 점 동자를 찍어 주기를 기다리고 있다.

그러나 소경의 눈에 나타난 것은 아름답기는 아름다우나 그것은 애욕의 표정에 지나지 못하였다. 그런 눈을 그리려고 십 년을 고심한 것이 아니었다.

"자, 용궁을 생각해 봐!"

"생각이나 하면 뭘 합니까? 어서 이 눈으로 보아야지."

"생각이라도 해보란 말이야."

"짐작이 가야 생각도 하지요."

"어제 생각하던 대로 생각을 해봐!"

"네……."

화공은 드디어 역정을 내었다.

"자, 용궁! 용궁!"

"네……."

"용궁을 생각해 봐! 그래 용궁이 어때?"

"칠색이 영롱하구요……."

"그래, 또……."

"또 황금 기둥, 아니 비단으로 싼 기둥이 있구요, 또 푸른 진주
가……."

"푸른 진주가 아냐! 푸른 비취지."

"비취 추녀든가, 문이든가……."

"에익! 바보!"

화공은 커다란 양손으로 칵 소경의 어깨를 잡았다. 잡고 흔들
었다.

"자, 다시 곰곰이 ─ 용궁은."

"용궁은 바닷속에……."

겁에 띠어서 어릿거리는 소경의 양에 화공은 소경의 따귀를 갈기지 않을 수 없었다.

"바보!"

이런 바보가 어디 있으랴. 보매 그 병신 눈은 깜박일 줄도 모르고 허공을 바라보고 있다. 그 천치 같은 눈을 보매 화공의 노염은 더욱 커졌다. 화공은 양손으로 소경의 멱을 잡았다.

"에이 바보야. 천치야. 병신아!"

생각나는 저주의 말을 연하여 퍼부으면서 소경의 멱을 잡고 흔들었다. 그리고 병신같이 멀젓게 뜨인 눈자위에 원망의 빛이 나타나는 것을 보고 더욱 힘있게 흔들었다. 흔들다가 화공은 탁 그 손을 놓았다. 소경의 몸이 너무도 무거워졌으므로 —.

화공의 손에서 놓인 소경의 몸은 눈을 뒤솟은 채 번뜻 나가 넘어졌다. 넘어지는 서슬에 벼루가 전복되었다. 뒤집혀진 벼루에서 튀어난 먹물 방울이 소경 얼굴에 덮였다.

깜짝 놀라서 흔들어 보매 소경은 벌써 이 세상의 사람이 아니었다.

화공은 어찌할 줄을 몰랐다. 망지소조(茫知所措)하여 허둥거리던 화공은 눈을 뜻 없이 자기의 그림 위에 던지다가 악 소리를 내며 자빠졌다.

그 그림의 얼굴에는 어느덧 동자가 찍히었다. 자빠졌던 화공이 좀 정신을 가다듬어 가지고 몸을 일으켜서 다시 그림을 보매 두 눈에는 완연히 동자가 그려진 것이었다.

그 동자의 모양이 또한 화공으로 하여금 다시 털썩 엉덩이를 붙이게 하였다. 아까 소경 처녀가 화공에게 먹을 잡혔을 때에 그의 얼굴에 나타났던 원망의 눈! 그림의 동자는 완연히 그것이었다.

소경이 넘어지는 서슬에 벼루를 엎는다는 것은 기이할 것도 없고 벼루가 엎어질 때에 먹방울이 튄다는 것도 기이하달 수 없지만, 그 먹방울이 어떻게 그렇게도 기묘하게 떨어졌을까? 먹이 떨어진 동자로부터 번진 홍채에 이르기까지 어찌도 그렇듯 기묘하게 되었을까?

한편에는 송장, 한편에는 송장의 화상을 놓고 망연히 앉아 있는 화공의 몸은 스스로 멈출 수 없이 와들와들 떨렸다.

수일 후부터 한양 성내에는 괴상한 화상을 들고 음울한 얼굴로 돌아다니는 늙은 광인(狂人) 하나가 생겼다.

그의 내력을 아는 사람이 없었고 그의 근본을 아는 사람이 없었다. 그 괴상한 화상을 너무도 소중히 여기므로 사람들이 보자고 하면 그는 기를 써서 보이지 않고 도망하여 버리곤 한다.

이렇게 수년간을 방황하다가 어떤 눈보라치는 날 돌베개를 베고 그의 일생을 마감하였다. 죽을 때도 그는 족자를 깊이 품에 품고 죽었다.

늙은 화공이여! 그대의 쓸쓸한 일생을 여는 조상하노라.

여(余)는 지팡이로써 물을 두어 번 저어 보고 그즈너기 몸을 일으켰다.

우러러 보매 여름의 석양은 벌써 백악 위에서 춤추고 이 천고의 계곡을 산새가 남북으로 건넌다.

✳ 작품해설

「광화사」는 제재 분류상 김동인 문학의 특성 중 하나인 절대미 추구의 제재에 해당되는 작품이다. 이는 작가가 보여준 미 추구에의 예술 정신, 즉 탐미주의 정신이기도 하다. 한마디로 미에 대한 광포적인 동경으로 집약된다. 예술적 가치는 인생의 자학적 파괴에서 오는 쾌감이며, 그 탐미적 쾌감을 작가는 주인공 솔거를 통해 형상화한다.

이와 같은 미에의 광포적인 동경과 추구는 성 도착증과 죄의식의 암흑성을 보여준 「광염소나타」에서 「광화사」로 이어지면서 절정에 달한다.

이토록 가치의 선악을 초월한 악마적인 탐미 정신은 추악한 현실 속에서 잃어버린 작가의 낙원의 동경으로도 이해할 수 있다. 이에 어느 의미에서 이런 계열의 작품이 지향하는 절대미 추구는 저항의식의 성격을 띠면서도 저주스러운 현실을 잊고 미의 세계로부터 자아를 구제하려 한다. 이것이 또 하나의 작가의 구도 정신이었음을 제시한다.

작가연보

1900(1세) 평양에서 기독교 장로이며 부농인 김대윤 씨와 옥(玉)씨 사이에 4남매 중 차남으로 출생. 아호는 금동(琴童) 또는 춘사(春士).

1916(17세) 일본에 유학. 도쿄 메이지 학원 중학부 졸업.

1919(20세) 2월, 순문학운동의 봉화인 신문학 최초의 동인지 『창조』를 전영택, 주요한 등과 더불어 사재를 들여 발간. 기미년 만세(3·1) 운동이 일어나 출판법 위반으로 투옥됨. 처녀작 중편 「약한 자의 슬픔」을 『창조』 창간호에 발표.

1921(22세) 한국 근대 단편소설의 효시인 「배따라기」를 『창조』 제9호에 발표. 단편 「목숨」 「유성기」를 발표. 경영난으로 『창조』 제9호로 폐간.

1923(24세) 단편 「눈을 겨우 뜰 때」 「이 잔을」 「태형」 등을 발표.

1924(25세) 『창조』의 후신인 『영대』를 주재 발간. 단편집 『목숨』을 자비 간행. 단편 「유서」 「명문」 「감자」 「눈보래」, 중편 「정희」 발표.

1925(26세) 단편 「시골 황서방」을 발표. 1월 『영대』 제5호로 폐간.

1929(30세) 장편 「젊은 그들」을 『동아일보』에 연재. 단편 「여인」 「송동이」, 문학평론 「조선 근대 소설고」를 발표.

1930(31세) 단편 「죄와 벌」 「배회」 「증거」 「순정」 「구두」 「포플러」 「벗기운 대금업자」 등과 「광염소나타」 「신앙으로」 「광화사」 등 일련의 탐미주의적인 작품을 발표. 장편 「여인」을 간행.

1931(32세) 단편 「발가락이 닮았다」 「거지」 「잡초」 「박첨지의 죽음」, 장편 「대수양」을 발표.

1932(33세) 단편 「붉은 산」 「적막한 저녁」을 『삼천리』에 발표. 장편 「아기네」를 『동아일보』에 연재.

1933(34세) 「조선일보」 학예부장으로 취임했지만 작가의 할 일이 아니라고 일주일
만에 퇴사. 장편 「운현궁의 봄」을 「조선일보」에 연재. 이후 불면증으로 강
력한 최면제를 복용, 점차 약물 중독현상을 일으킴.

1934(35세) 평론 「춘원 연구」를 「삼천리」에 연재.

1938(39세) 장편 「제성대(帝星台)」를 「조선일보」에 발표. 단편 「태양지(太陽地) 아주머
니」 「가신 어머니」 「가두(街頭)」 등을 발표.

1939(40세) 중편 「김연실전」을 「문장」에 발표. 「김동인 단편집」 간행.

1941(42세) 단편 「곰네」 발표.

1942(43세) 4월, 천황 불경죄로 서대문 감옥에 투옥. 마약 중독 증세를 보임.

1946(47세) 단편 「망국인기(亡國人記)」를 발표.

1948(49세) 장편 「을지문덕」을 「태양신문」에 연재하다가 건강악화로 중단. 단편 「김
덕수」 발표. 6월, 중풍과 정신착란증으로 병석에 눕게 됨.

1951(52세) 6·25동란 중 1·4 후퇴시 지병으로 서울에 남아 있다가 사망함.